U0929819

想好

乌冬

暗恋者来信

江苏凤凰文艺出版社
JIANGSU PHOENIX LITERATURE AND ART PUBLISHING, LTD

你好

我很喜欢用第一人称写作——即便是只翻了几篇小说来看的读者大概也能轻易发现这件事。刚把书稿整理出来的时候，我和朋友开玩笑说这么多个“我”“我”“我”集结成册，简直就是一本《读者来信选登》。后来这个玩笑稍加改动就摇身变成《暗恋者来信》。只是并非选登，因为产量有限，能登的都登了。

大多数人是通过出书变成作家的，我则恰恰相反，出书的过程让我意识到自己离职业小说家还很遥远。就像我另一个朋友的自嘲：“最近看了很多好作品，感觉我写的东西像是随地吐痰了。”当然，他这么说是过于谦虚了，画面也蛮恶心。我在认真百度了“不文明行为有哪些”之后，还是更喜欢“在大庭广众不加掩饰抠鼻孔”和“在公共场合赤膊”这两条。我最初的尝试都在此列，包括本书收录的《恋爱四章》《世界的用途》《当然，这个男孩不是你》等。它们短小、幼稚，不管读者死活，只管自己爽快。但是这个阶段很快就结束了。我开始在「ONE · 一个」的平台发表小说，开始意识到我的文字面前还有他人存在。《无人知晓》原本是篇一千多字的超短文，写得十分野蛮。我缝缝补补，将思维跳跃时留下的空隙填充完整，最后居然给人一种非常细腻的印象，也受到更多人的喜欢。从此，一冲动就立刻写成一篇小说的事情不再在我身上发生，或者说极为罕见。《欲言又止》《摸摸我》《限行时期的爱情》以及《最后一个五仁月饼》都是反复琢磨多次修改的结果。一个很显眼的证据就是文中出现了好几处排比句。暂且不讨论排比句好不好的问题，除了对联，还有比排比句更不自然的句子吗？

倒不是「ONE·一个」改变了我，而是“公开发表”这件事情改变了我。这意味着我的作品正式进入他人的视野，和他人的评判标准发生碰撞。我很想表现得毫不在乎，但是我性格里“绝不能让别人失望”的部分悄悄跑出来，这里逛逛，那里走走，像一支巡逻部队，几乎把那些原始的热情杀死。“写得不够好的话，还不如一个字都不写！”我这样想着，然后眼见写作即将沦为我人生又一个“三分钟热度”，就像其他被我半途而废的事情一样。我五六岁的时候学过一阵子钢琴，虽然平时也不怎么认真，倒也没到放弃自我的地步。没想到八九岁的时候去考级，在考场听到别的小朋友都在以我平常练习的三倍速在弹考试曲目，当场我就心灰意冷了。不过最让我绝望的还是证书内附的评语：弹奏时需注意高低肩的问题。我发现即使艺术，也不是纯粹让人随心所欲的东西，而是可以量化的。我不光技术差得很远，而且看上去像个傻逼。我还发现自己是如此容易受伤的一个儿童，以后的人生大概很难潇洒得起来。后来我妈妈为了鼓励我，带我去听儿童钢琴演奏会。我看看那些天才儿童，再看看妈妈一脸期待的样子，内心的自卑更是不断翻涌。她问我听完有什么感悟，我只说得出来一句：他们弹的曲子，真的好长。其实把曲子慢慢弹出来能有多严重？一个肩膀高一个肩膀低是玷污了钢琴上方的空气吗？不想弹那些又难又长的古典曲目，只想弹一首短暂、轻快的曲子，这样真的不可以吗？我可一点也没想当个钢琴家啊。

出于同样的目的，我要在这里说，我不想当一个作家，而且离作家这个角色还很遥远。因为我太脆弱了，如果不这样说的话，就很难保持继续写下去的勇气。写作是我生命中的炸鸡，是我不能丢弃的事情。很多时候它让我焦头烂额，过上很不健康的生活，但是我的心非常快乐。为了占有更多快乐，我决定继续写下去，而且我要随心所欲。老实说了，这本书里的《荡秋千明明是成人游戏》就是随便写的，只不过取了一个耸动的标题。我自己还挺喜欢的。你们喜不喜欢我就不管了。毕竟随随便便才能潇潇洒洒嘛。

至于故事里另外的那些“我”，现在也同我没有关系了。因为作品一经发表，就和作者没有关系。你们要怎么看是你们的事。当然，最好可以躺在床上看。这是我无关紧要的一个小建议。

乌冬

二〇一八年三月十日

无人知晓

千万不要小瞧一条狗子，当我连它都要忘了的时候，它也许还记得你微笑的样子。这句话我始终没有机会对雅莉说，我和雅莉也始终是两种不一样的人。我是说，我会叫狗“狗子”，雅莉大概会叫狗“儿子”。

我在理发店做美发师，其实就是个洗头的。理发店就开在学校里，在旧宿舍楼改装的商业街上，不知道以前是不是女生宿舍，感觉阴气很重，所以我和另外几个伙计一起住在学校附近的廉价出租屋里。廉价出租屋的隔壁还是廉价出租屋，只是房客每天都换人。最便宜的隔间二十块一晚上，就一张小破床，没比我们店里的洗头床大上多少。一些女学生，看起来文文气气的，下午躺在我的床上洗头，晚上就躺在我隔壁的床上和人家睡觉。她们的男朋友花二十块钱开房间，她们花十块钱来洗头吹头。她们赚十块钱，我们也赚十块钱。

雅莉和她们不一样。雅莉在躺到我的床上洗头之前，就来我隔壁的床上睡过觉了。我洗雅莉的时候捏到了雅莉的耳朵，雅莉立刻拿肩膀去抵，一边发出了小小的叫声，我就立刻知道雅莉是雅莉了。

雅莉走进店里的时候就像一只小灰老鼠，那时候我还不知道雅莉就是雅莉，那时候甚至没有人注意到她。你很容易想象这样一个女人会如何叫床：微弱的、细细的、欲拒还迎的——总而言之，东洋风。只是自从我搬进出租屋，就没怎么看片了——毕竟隔壁是国语的，亲切。说起来有点可怜，每天晚上我都忍不住就着隔壁的声音给自己来一发，然后瘫软入睡。东洋风的呻吟比较平常，各方言版本的"雅灭蝶"大概是中心思想。有时候很激烈，脏字也飙得多，有时候特别安静，安静得你以为隔壁两人是相约来服药自杀的，直到传来一个被口水呛到的声音。

雅莉的声音不属于上述任何一个场景，特别得甚至不像出自她本人。它更像是出自一个绝望地爱着的烧伤病人，又明确又热烈又愤怒又疼。它让你相信一些牙齿是柔软的、一些喘息是坚硬的、一些包容是充满侵略性的。哪怕是具死尸也被这欲望唤醒，想起前生吻过最颤抖的两片嘴唇。何况我今年二十一岁，热滚滚，活生生。据说黑暗环境中的成年老鼠听力更加敏锐，于是每当这个声音来临的时候，我就关上所有的灯。

"先洗个头。"雅莉说。

她看了我一眼，便侧过身子去脱外套。她的动作很缓慢，剥一朵玫瑰似的，那件灰溜溜的大衣看起来却笨重得很。我下意识地伸手去接，感到一些残留的温度染上指尖，让它们变得又傻又钝。我定在那儿动弹不得，眼睁睁地看着玫瑰剥开了，里面还是玫瑰。雅莉卸下外套，就是小小一颗花骨朵，仍紧紧闭着，已隐约有香气。她见我拎着她的衣服，赶紧又接过来，把它捧在怀里叠了一叠。我们俩就像第一天送孩子上幼儿园的年轻父母，在慌乱中完成了某种交接。后来我想起这一幕来，会忍不住傻笑。再后来我想起这些傻笑，会觉得没有那么孤单。独自爱一个人有一点痛苦，但是时间长了，这种痛苦也变成一种陪伴。

其实雅莉很像我中学时代非常讨厌的女同学，会把雨伞按顺时针折好，会给所有的书都包上直挺挺的封皮。我时常心痒痒，想打破这种干净和控制，看看她们有没有疯狂的样子。

我指了指一张靠墙的床，雅莉就乖乖地躺了上去。

“上来一点。”我托住雅莉的头。在某个夜晚，那男人也这样对她说。雅莉挪了挪屁股，坐得更深一些。墙的那边传来一声喘息，那个与她本人的沉静显得毫无关系的声音。多奇怪，这样一个雅莉，也是那样一个雅莉。多奇怪，爱欲汹涌时，有人不惜自己打破自己。

雅莉的头发不是很长，但是很硬，也粗，也黑。我是个洗头的，只能聊聊这些。雅莉的脸上有四颗痦子，分别在鼻梁、眉梢、下唇和左边脸颊一个说不出具体位置的地方。如果我不是个洗头的，而是个算命的，就可以和雅莉聊聊这些。如果我不是洗头的，也不是算命的，也许就可以吻一吻雅莉的头发和雅莉的脸。

我在美容美发学校的时候，老师经常和我们说，对待客人要像对待情人一样，特别是洗头的时候，要温柔。不过这个老师上完课把剪刀往模特的塑料头皮上一插就转脸出去抽烟。我想我不是一个好学生，所以现在还在洗头。当然也可能是我用情太深。

后来别的伙计也发现了雅莉是雅莉。不过还好他们发现的不过是常常光顾理发店的那个雅莉。我们店里有个潜规则，虽然我们只是洗头的。我是说，最靠墙的那张床是留给伙计们各自喜欢的姑娘的。那张床正上方的天花板有一张写着发膜价格的海报，有一些无聊的姑娘就会把眼睛睁开读那些骗人的广告。墙边有一扇小小的窗子，有一些无聊的阳光就会蒙在姑娘细细的脸上。我领着雅莉走向那张床的时候，所有人都暧昧不明地笑了一下。大概这件事的乐趣对大伙来说，主要在于把一个姑娘逼到角落，让她躺倒就躺倒。我猫着腰站在雅莉身后，抚摸着她的头发，感到口中呼出的热气被口罩兜住，又折返回自己的脸上。这时候的雅莉嘴唇在眼睛上方，我望着她，就跟蜘蛛侠倒挂下来望着他女朋友一样。尽管地球的安危、世界的正义，或者雅莉的快乐都与我毫无关系。但是这样度过的五分钟，好像比平时更长。

雅莉时不时会来吹头发。雅莉成为了专属墙角那张床的雅莉。

雅莉时不时会来我隔壁。雅莉还是那个不知道和谁睡觉的雅莉。

但是更多的时候，没有雅莉。从洗头床到结账台的八面镜子里，没有一个雅莉；从楼梯口到旋转彩灯的二十二个台阶上，没有一个雅莉；从小食店到旧书店的三十七间店铺里，没有一个雅莉。我的生活如常，每天经手很多姑娘。我随便地洗洗她们，努力地夸夸她们，再拿一个大风筒把她们的直发吹卷、卷发吹直。

我的生命里，只要雅莉不来，就没有雅莉。

我算了一笔账：洗一个头能赚一块钱，一天洗二十个头可以赚二十块钱提成，按理说就可以去隔壁开一个房间睡睡雅莉了。当然我也愿意只是洗洗她。这样看起来，我对雅莉来说也不是太穷。我和雅莉的问题不在于我太穷了，而是雅莉已经有一个很穷的男人了，只能开二十块钱的房间来和她睡觉，还让她的声音勾起了另外一个穷光蛋的幻想。约会那么简陋，雅莉仍然十分卖力。她每次都早早化好淡妆，还特意来我这里吹头发。我精心吹的头发，再由另一个男人拨乱，相当于做无用功。可是她那么快乐，我还能说什么呢？

我说，看你常来，不如办张卡吧。

雅莉真的办了一张积分卡，她把头埋在柜台里，仔细写下了吴雅莉三个字。从此她来洗头，我就在卡上敲一个章。但是我心知肚明，整理这头发，是为了拨乱用的；打扮这女人，是送给别人用的。我敲一个章，就代表见她一次，见她一次，就是约会一次，我约会她一次，也是她约会他一次，他们约会一次，我就他妈的失恋一次。

雅莉的声音，大概也佐证了她的爱情。每当这个声音来临，我总是习惯性地关上灯。关上灯听她听得太清楚，只好又开灯。开了灯看自己看得太清楚，只好又关灯。我真想给她点什么，好把她夺过来，哪怕是给她点钱花，可是我比她的男人还要穷啊。我真想给她点快乐，可是她拥有的快乐显然比我更多。我只好把头部按摩和理发技巧一起交付给她，把自尊和爱意一起交付给她，除此以外，真的什么也没有了。

雅莉总是穿着她的灰色外套，像一只小老鼠不引人注目。其实我把头发染黑了捋直了抹平了剪短了，也似这所学校某一个学生。我想我们俩站在一起并不相配，她敢在爱情中热烈地燃烧自己，而我从来都缺乏点火的勇气。她用力去爱的样子，是我从未见过的自己。也许爱情就是有这种力量，让公主变成骑士，让英雄甘做平民，让一个人内心的勇敢光芒四射，照得另一个人的懦弱无所遁形。

一个礼拜六，我请了假，去看我的同乡欧文。噢，他原来不叫欧文，当上发型总监的男人才叫欧文。理发店在市中心最贵的地皮占了三层，进门有人鞠躬，进电梯有人陪同。我兜兜转转，终于找到了欧文的工作室，其实就是一个透明的隔间。欧文梳一个大背头，穿一件白衬衫，正扎着马步给一个七八岁的小女孩绑辫子。隔间里的沙发上坐着一个年轻得不像妈妈的女人，翘起一只穿着高跟鞋的脚，有一搭没一搭地翻着时尚杂志。

雅莉啊，这个世界上还有这样的地方呢。

等欧文忙完，已经过了两个小时。我坐进休息区，看这些脑袋上包着毛巾走来走去的人。再怎么高级的理发店，还是要把头发打湿。有时候我难免会想人类的脑袋上如果长的不是头发而是毛巾会怎么样。夏天选木棉的，冬天搞个珊瑚绒，晚上睡觉之前拔下来放在床上，一会儿叠成爱心，一会儿叠成大象。讲究的送去干洗，不讲究的扔洗衣机里，毛秃了就去商场买个新的。雅莉啊，这样我可就失业了啊。还好这时候欧文过来拍拍我的肩，把我带到楼梯间好好抽了一顿烟。

“你真是发达了啊。”我从屁股兜里摸出打火机，一下子不知道说什么。

“有什么，操，每天伺候这些女人，跟伺候老佛爷似的。”欧文深深吸一口浑浊的空气。我则不合时宜地想起了一张张可怜巴巴的小脸，她们总是不停地哀求我，剪短一点点，真的只要一点点。

雅莉啊，你怎么不干脆是个老佛爷，好让我不要遇见？

晚一些的时候，我手上拎着啤酒和烤串儿，打算上楼回家，冷不丁看见楼梯上坐着一个伤心的雅莉。我们雅莉，是会来我店里，也来我隔壁的雅莉，是我能遇见的雅莉。

雅莉听到脚步声，立刻挺起了身子抬起了脸，就好像一个蜷缩的婴孩瞬间长成了大人，像一朵向日葵，突然想看月亮一眼。你能想象那条脊椎，原来像座破败的石桥那样拱着，突然感受到科技进步了似的把自己撑直了。你能看到一双宝石一样的眼睛，在黑夜里寻找开采它们的工人。可惜我不是她等待的人，于是我只会比黑夜更黑。雅莉看了我一眼，又立刻黯淡地低下了脑袋。好像一朵花，绽放了一瞬，恍然发现开错了季节。

我只好默默记下这朵花开放的样子，走过她身边。这是一个星期六，一个约会的大好日子。我们雅莉的头发怎么乱糟糟的，是谁给她吹的呢。我的钥匙怎么好端端地待在口袋里，这么快就找到了呢。

我的心里有一个不好的预感，而且这个预感成真了。从那个星期六以后，雅莉没有再来洗头，也没有再来我隔壁了。我的生命里，只要雅莉不来，就没有雅莉。可能是吵架了，可能是分手了，也可能是男方突然得绝症了。我比较介意的是，理发店的积分卡还没积满，怎么说不来就不来了呢。那张卡虽然颜色俗艳了点，好歹每个章都盖在格子里，字正腔圆的。我是说，那张卡的积分礼物，是我买的一条项链。

如果有一个平行世界，我比现在混得好一点点。我是说，比如在一间高级沙龙门口鞠躬。当我抬起头来的时候，却不知道我面前的雅莉就是雅莉。雅莉不发一言，只是抚摸着怀里的狗子。当然，我会叫狗“狗子”，雅莉大概会叫狗“儿子”。她和别的小姐太太们一样，每天睡在华贵的床上，从来不劳烦自己的双手整理头发和脸。我关上门，直起腰，也不会多看雅莉一眼。

我不知道有没有一只大雁，偶尔想留下看看北方的冬天，人们看见它孤零零地从天空飞过，也不过会说，看，那儿有一只大雁。我不知道有没有一颗流星，偶尔想回应人们的许愿，它努力地砸出一个心形的坑，却没有任何人发现。

我的生命里，只要雅莉不来，就没有雅莉。

毕竟，把“欢迎光临”说得再深情，她也不会走进我的世界。

欲言又止

绿霞要我从远处走来，无限地接近她。

这是东半球下午三点十三分，光线、气温、湿度都刚刚好。我翻出第七双高跟鞋换上，又一次从门口缓缓走向她。鞋子简单稳重，与我丁零当啷的一身完全不搭。老旧的地板也备受折磨，吱吱呀呀。

但是这样一来，就连走路的声音也刚刚好了。这是绿霞说的。

绿霞说的就是对的。因为我只是受命扮演一个我从未见过的女人。她偷偷爱着的女人。

“此时你要拉开椅子，轻轻坐下。”绿霞闭上眼睛。

我拉开椅子，低声问她：“小姐，这个位子有没有人？”绿霞的眉头尖锐一皱，仿佛有谁在交响乐团里公然吹起唢呐。

我从鼻子里哼了一声，“难道她连问都没有问？你的爱人不讲礼貌。”

她答：“你不要管。”

我觉得她其实是想说“爱情来临的时候从来不讲礼貌”，但是她没有说。

我故意叹一口气，叹在她的睫毛上。绿霞的眼皮迅速地抖动了一下，嘴唇微微张开。

我觉得她其实是想说“这样很好”，但是她没有说。

绿霞真正想说的话，从来都不说出口。但是此时此刻，我感谢沉默。因为我看着她没有上妆的面庞，猛然发觉这也属于一种裸露。因为情难自禁，是沉默保护了她和我。

其实讲到这个份上，事情十分明白了。不过就是歌词里写的：我爱的人，她已有了爱人。

我和绿霞是在线上认识的。向来神出鬼没的导师突然发来一个邮箱地址，说今年系里新进一个学妹，或许我能帮上点什么忙。这个学妹就是绿霞。我心里想，真不公平，只不过换一个颜色，“红霞”这样的名字是大俗，“青霞”“紫霞”就是大雅。这位绿霞妹妹，不知是什么样的姑娘。我忍不住在邮件里多嘴了几句，结果她反过来问我，学姐，你有没有见过极光？极光就是绿色的晚霞。我打开附件，看到一团绿幽幽的火焰燃烧在森林、湖泊以及雪地上空，安静又诡谲。

要回复什么呢？我像一个临场卡住的脱口秀艺人，想不出半句俏皮话。我仿佛见到绿霞坐在台下，慢慢翘起二郎腿了，不动声色地架起胳膊来了，又偷偷伸出一只手支在脑袋底下。绿霞的脑袋是圆是尖，头发是长是短，我完全不清楚。她不过是邮箱里的一封回信。她几乎是我虚构的一个人物。只有那团绿色的火焰给人一些联想，想她大概也像精灵一样。

后来我才知道，极光其实是地球周围的一种大规模放电的过程。那天晚上，我无聊至极，晃到活动中心看迎新表演。舞台上有个女生在跳肚皮舞。她的动作十分硬朗，抖起肩来恨不得把珠穆朗玛峰上的积雪全部抖落，但是中间一截白肚皮看起来又十分柔韧有嚼劲。音乐节奏越变越快，她甩起长发，整个人就像一座巨大的黑色风扇。我听见自己问别人，这是谁？那人回答我，这是绿霞。

绿霞因为她的风情，已经十分有名了。好像草原上款款走来一只漂亮的新动物，公狮子看她，母狮子也看她。开始的时候人们说起绿霞，就自然地想起一连串的形容词。后来人们说起那一连串的形容词，就自然地想起绿霞。说她诠释了那些词语，不如说她是占领了它们。

可能是女人的嫉妒心作祟，我有点排斥与她见面。但是她敲门的声音又实在动听。每次绿霞来敲我的门，我都忍不住把门打开。

“姐，请你吃木瓜啊。”门打开，是绿霞。她晃了一下手里的塑料袋，便自说自话地走到我床边坐下。

“你脏不脏！”我作势要打，她赶紧从床上弹起来往椅子上蹦。绿霞说跳肚皮舞的得有点肚皮才行，时不时地来找我吃夜宵。结果我重了六斤，她身上的脂肪还是薄薄一层，正好能用两个指头捏起来。我翻了翻她的零食袋，拣一小块糖吃。这下是绿霞作势要来打我了，“先吃木瓜，再吃糖。不然木瓜就不甜了。”

绿霞从来不辜负一点滋味。一桌子菜，她非得从最清淡吃到最辛辣的，“不然就尝不出清淡的味道了。”我怀疑她第一次做爱必须找一个处男。

有一次我问，那白开水怎么办呢？白开水本来就没有味道。她叫我闭上眼睛，塞过来一小片东西，又捣住我的嘴，“别吐！是好东西。”那是苦丁茶的茶叶梗，苦得我连喝了好几大口水。但是，忽然之间，一股清香、甘甜的滋味在舌尖蔓延开来。

我慢慢地把水咽下去，而绿霞就坐在我对面，似笑非笑地看着我。

我想起绿霞第一次和我提到那个女人的时候，我们也是这样面对面坐着。她像是突然才想到这件事似的，把褐色的眼睛往我鼻子前一凑，“你说，我会不会是喜欢女人的？”

绿霞从来不怠慢一点回忆。向我坦白对那个女人的迷恋时，她巨细靡遗地描述了那是怎样的一个午后，那个女人又是如何踱到她身边坐下，如何向她微笑，把她的魂儿都勾走。按照绿霞的说法，我的身形和那个女人是差不多的，所以我要扮成那个女人，好让她重温那个相遇的时刻，而且是一遍一遍地重温。我想起小王子在离开他的星球之前，一天之内看了四十四次日落。悲伤的人会爱上日落，但是不相信重逢。

我一步一步，假设自己正走入一个片场，掠过了灯光、话筒、摄像。这出戏是属于绿霞的，我不过是配合出演罢了。她就在暗处等着，像一支静止的舞。我走近了，看见她的呼吸让身体变了形状。再近一些，她脖子上的阴影也挪了位置。再近一些，她额头上飞扬的细发也落下了。绿霞没有静止的一刻。她的唇纹深深浅浅地暗示着，过去在这里发生的亲吻，将来也一定会发生。

我在绿霞的身旁站定，看见自己的影子吃掉了她的。

“现在要我做什么？我可不卖身啊。”

绿霞笑着“哎哟”了一声，想拿手肘攻击我，结果一下子就被抓住了。绿霞的手臂很凉，又或者是我掌心太热。我的心里瞬间升起一种奇异的感觉，感觉自己好像是可以对这个女孩做点什么的。

于是我抓着她手臂，凑到她耳朵边问：“现在，你到底还要我做什么？”

这下好了，绿霞只不过怀疑自己是不是同性恋，我简直怀疑自己是不是条真汉子。

“你……”绿霞缩了一下脖子，“你怎么不按我说的来？”

空气重新安静下来，呼吸声显得格外撩人。我当自己是一套人肉铠甲，缓缓贴上绿霞纤细的背。这样等于是把她半抱在怀里了。我很惊讶。好像一直到了这个时刻，我们才真正地相遇。

绿霞仍然紧紧闭着双眼，不知在想些什么。我趁机仔细瞧了瞧她。没错，这是绿霞。她竟然如此迷恋一个女人。一个像我一样的女人。这让我第一次觉得自己占了上风。

我们开始常常做这样的游戏。“游戏”是我们为这些演出所起的名字。因为如果不是游戏，如果开始和结束的时候空气中没有爆发出一些嬉闹的笑声，事情就变得有些危险。触碰是危险的，对视是危险的，连呼吸也危险。我小心翼翼地绕过绿霞的胸部，却发现乳房也不过是一块小小的嫩肉，它跟随我炽热的掌心，在绿霞的全身流动。我们绝口不提对彼此的悸动，却发现那些没有说出口的话都冲进血液，撞击着每一次脉搏。

我迷恋上了被绿霞迷恋的感觉。好像征服了绿霞，就是征服了一切被绿霞征服的人。我甚至不知不觉地添置了类似那个女人的衣服，并试图说服自己，这样的风格本来就适合我。

直到有一天，绿霞和我说，她又见到了她。

这一次，她向我吐露了更多细节，关于那个女人的一举一动、一颦一笑。这一次，她甜蜜的眼神穿过我，落在我身后的某一处。我忍不住回头看了一眼，那里只有一面斑驳的墙。如果没有我，她大概会认那面墙做她的假情人，供她练习拥抱亲吻。

“先吃木瓜，再吃糖吧，不然木瓜就不甜了。”这是绿霞的原则。一个对食物的甜度都如此敏感的人，又怎么可能会分不清两个大活人？我心中清楚，无论怎么相像，绿霞爱的从来都不是我。我不过是比一面墙多些温度。

那个女人越是具体，我就越是模糊。等到真正的主角出现，我这个替身也就可以退场了。

我很想对她说“先爱我，再爱那个女人吧，不然我就不甜了”，但是我没有说。我想是因为我们俩常常靠得太近的缘故，她不仅把喜欢女人的毛病传染给了我，还把欲言又止的毛病传染给了我。

欲言又止啊，欲言又止是刻意的沉默，是人造的保护壳。要埋藏的心事有多深，它就有多厚。

我穿上新添置的衣物，长长地立在镜子前，才发现一直忘记问她，我到底哪里和那个女人一样，哪里不一样。我不可避免地想到了“东施效颦”四个字，又不可避免地自己接了一句“东施效颦（笑贫）不笑娼”。这句拙劣的冷笑话一直盘旋在我的脑海上空，终于让我冷笑了出来。肉体和灵魂都出借给她了，我这个东施哪里有脸去笑娼？

绿霞还是时不时地来敲门，我开门的幅度却一点一点变小，最后窄得像一条干燥的阴道。

“门没锁，你自己进来吧。”我知道是她来了，还是握紧手中的电话，继续用最快乐的声音说，“好好好，就这样说定了，一会儿见。”

“你要出去？什么时候？去哪？”绿霞的声音天真无邪。

我很想和她说“不过是一个很久没见的高中同学”，但是我没有说。

“对啊，有个约会。”我迅速地看了她一眼就整理起桌子。

“约会？”绿霞顿了一顿，“和男生？”

“对啊。”我垂着眼睛，麻利地把书和杂志垒成一摞，“我又不喜欢女的。”

拜她所赐，我最近的演技真是越来越好了。

绿霞提着的塑料袋响了一声儿，就安静了下来，像一个打错的电话。然后是绿霞的声音，说下次再来找我玩。等我终于敢抬起头的时候，她已经走了，眼前只剩下那面斑驳的墙。我突然觉得我和这面墙很像。我们的身上都曾经停靠了绿霞甜蜜的视线，然后这些视线会消失，就像从来没有出现过一样。

我以为绿霞再也不会来找我了。因为每当绿霞又提到那个女人，我就迅速接过话题，说起我的那位高中同学。当然，在我的故事版本里，他是一个殷勤的追求者，一个值得考虑的伴侣人选。不过是在绿霞面前演个思春少女，有什么难？哪个少女不思春？我拼拼凑凑，就有了剧本大纲。又灵光一闪，就有了矛盾、曲折和高潮。与绿霞那个暧昧不清、前途不明的故事相比，我的故事正常、庸俗，但是热闹并且理直气壮。

一个人失去了心爱之物，哪怕只是替代品，也是会感觉失落的。然而就像随手买的冰激凌啪叽落地，这难过却不值一提。绿霞的话渐渐少下去，眼睛里总是熬着点什么。我心里升起小小的报复快感。刺激她，就像刺激自己发炎的牙龈，又疼又爽。

没有人再提起那些"游戏"了。在绿霞看来，我出戏了，回归了真实的生活。只有我自己知道，我不过是为了逃避她，辗转去了另一个片场。为什么我只有假装不是我，才能把爱情说出口？假装幸福，就是我在说："请你幸福吧，即使不是因为我。"

绿霞果真带来新剧情。她打听到那个女人原来是隔壁学院的年轻讲师，打算偷偷去旁听。这下好了，同性，还是师生，禁忌中的禁忌。我想绿霞的故事很难再有什么进展，绿霞却不以为意。

我虚弱地说起自己那个假情人，发现只有佯装的爱情才迫切需要桥段的填充。我甚至说起什么时候可以见家长，什么时候可以结婚生子。我想用普通人的婚姻大事将绿霞不伦的恋情压倒，让她感到难过，却忘了自己也是和她一样的人。

有时候我会梦见绿霞。她缓慢地甩起又黑又利的长发，缠住了自己的身体，也缠住了我的。我们赤身裸体，成为一对连体婴儿。我抚摸她的时候，感到温热的手掌同时抚过自己。她的骄傲和痛苦也都在我的心里。梦中我终于对她说“我在撒谎，因为我爱你”，绿霞没有回应，只是在我耳边呢喃着“不要浪费，不要浪费一点滋味”。

绿霞在我的生活中渐渐淡去。当晚霞消失殆尽的时候，黑夜就降临。

有时候我会想，如果诚实一点会怎么样。当她听见我打电话的时候，我明明可以说“这不过是一个很久没见的高中同学”，但是我没有说。因为害怕苦涩，于是拒绝了一片茶叶，而一片茶叶只是一片茶叶么？

在认识绿霞之前，我只喝过没有味道的白开水。后来我常常在嘴里嚼一片茶叶，再喝一大口水。但是没有一片茶叶苦过绿霞塞给我的那一片，没有一种滋味，比她更清甜。是不是拒绝痛苦的时候，也就拒绝了后面的甘甜？

我很想和绿霞说“让我们好好聊一聊吧”，并且这一次，我打算真的说出口。

绿霞很快就回复了我的信息，说她正在旁听那个女人的课。

我急急忙忙赶到教学楼，上上下下找了一大圈。终于，绿霞出现了。她坐在教室后排，支着脑袋在听课。这是东半球下午三点十三分，光线、气温、湿度都刚刚好，正如我们第一次真正相遇的那个时刻。不可避免地，我还是想看看那个女人究竟长什么样，是否真的和我有几分相像。

然而，我的目光却在接触到那位讲师的瞬间凝固了——那根本不是什么隔壁学院的年轻讲师，而是一位德高望重的老教授——他的头发和胡子都已花白。

“我就在你教室窗外。”绿霞看见信息，惊慌地用眼神四处搜寻。我一个人站在走廊上，努力地朝她笑，眼泪却一直掉下来。

绿霞看着我，明显愣住了。还好，这时候她的手机又亮起来，屏幕上显示收到一条新消息。

“我也在和我的男朋友约会呢。”我说。

远处的他

在我认识的所有男人当中，他是唯一一个我不记得名字的。我连他的姓都忘记了。因为我只叫他：叔叔。我是在十七岁的时候遇见他的，很巧的是，他刚好也长我十七岁。只有在这一年，他的年龄刚好是我的一倍。后来我想了一下，这个巧合也许就是我们两个人的全部缘分。

这个被叫做叔叔的男人只能从近处回忆。一旦他走远一点，我可能就认不出来了。这不能怪我。他当时三十四岁，长相中规中矩，个头不高不低，喜欢穿蓝色夹克。且不说这世界上这样的男人有多少个，这世界就连蓝色都有很多种，让我怎么分辨得出？其实我也没有必要认出他来，因为我从来都不曾在什么地方等他。我不必兴高采烈地向他挥手，等他走近。我的回忆里没有这样的画面。

等这个男人到了近处，我便想得起他了。我甚至想得起来他的夹克是什么材质的，有几颗黑色的牛角扣子。我剥开这件夹克，里面是一件条纹衬衫，熨得非常平整。一双手解开衬衫的扣子，没有涂指甲油，也没有戴首饰，好像是我的手。我想做什么呢？我忘记了。因为等不到我做什么，就有一只手捉住我的手指，含进他的嘴里。舌头沉默、缓慢地舔舐着我的指腹，如海水舔舐沙滩一般。于是我身体的潮汐开始生发，每一处皮肤都从梦中惊醒并且回忆起某场深刻的涌动。然后他又轻轻地啃咬我、吮吸我，像是全世界的盐都消失了，只剩我指尖这一点咸。这个被叫做叔叔的男人，就是这样到了我的近处。

没想到吧，这个明目张胆到学校门口来接我的男人，居然是我的情人。他就站在教导主任旁边，等我慢吞吞地走过去，叫他一声叔叔。还是这个教导主任，每天早上都立在校门口检查仪容仪表。她会把我叫过去说，莫宝莉，你是不是画眼线了！我当然没有画，我的睫毛本来就长得比周末的培训班还要密集，在眼睑上连成一条黑线。但她还是坚持要我过去，用指甲在我眼皮上狠狠一划。我相信是因为她对年轻的女人抱有很深的恨意，觉得我们都是天生的婊子、贱人，迟早抢了她的生意。她尤其热爱挑我的毛病，不是校服太短，就是头发太乱，要不然就是身上的毛衣有太多镂空。我不知道这整个学校里除了她，还有谁会拉下我的校服拉链看我里面穿了什么。她一定在我身上隐约看到了一些端倪，嗅到了某种气息，却对学校门口站在自己身边这个高达一米七八的答案视而不见。这个男人，看起来彬彬有礼的男人，自然地接过我的书包，还问我考试考得怎么样。她怎么想得到，一旦我坐进他的车里，气氛就变得何等旖旎。

男人靠过来，停在我脸颊边五厘米的地方，像谈论天气一样随意地对我说："不如现在就让她看到我吻你，怎么样？"然后我们就刻薄地笑起来。偶尔我会意识到，在这个男人面前，我和教导主任身份上的差别消失了，我们就是两个女人罢了。即使现在教导主任随着车子的行进变成远处的一个小黑点，这件事情也没有任何改变。如果你坚持举着一个勺子对鸡蛋布丁说"我迟早要吃掉你哦"，我想那个鸡蛋布丁也迟早会意识到自己是个鸡蛋布丁而忍不住颤抖起来。叔叔想对我做的，就是你对鸡蛋布丁做的事。无论在什么场合，无论在谈论什么话题，他都会突然在我耳边低声说："我迟早会吻你，你不要忘了。"我想他说的其实是："我是一个男人，你是一个女人，你不要忘了。"

我心中冷笑，面上还是用无辜的眼神闪躲着。男人们总是对他们一无所知的事情抱有空前的自信。比如看见一个十七岁的少女，便以为她是只有一条街的小镇，从头走到尾就是了，根本不可能在里面迷路。

我们第一次见面是在陌生人的聚会，男男女女一大堆，玩着谁也不知道谁是谁的桌面游戏。游戏很没意思，但是这个男人很有意思，他尽量不着痕迹地一点一点挪过来了，最后坐在我斜对面。斜对面是很好的角度，就算女的在发呆、男的在搓茶杯，彼此看起对方来都是一幅肖像画。我们渐渐在人群中减少发言，直到别人的讲话声调笑声就此淡去成为背景音。在他说出第一句话之前，我们仿佛已经说了一万句。最后我看着他说，我要回家了。他果然也站起来说，我送你一程。

我们在马路上交换彼此信息，差不多是四五格方砖一句。由此你便知道我们走得有多慢。其实说得比走得更慢，每个字都吐得慵懒性感仿佛在演小成本文艺电影。第一次见面就能像情人一般散步的人，有什么理由不成为情人呢？唯一的理由可能就是这句话实在太拗口了。

如果我说我对自己的吸引力毫无察觉，那才是真正的虚伪。但是比起征服，我更喜欢被征服。于是我向他甜蜜一笑，说谢谢叔叔。男人呆了两秒，这两秒里他可能在脑内回顾今晚到底做错了什么。我看到他的春风得意里掺进一丝尴尬，便心满意足地逃走。

后来，我们就开始约会了。这个“后来”出现得太突然，让这故事看起来好像漏讲了一大段。其实过程有什么好说呢？不过是我勤勤恳恳地叫着叔叔，他勤勤恳恳地撩拨我的情欲让我不要再当他是个叔叔。不过是一男一女欢天喜地、欲拒还迎地落入俗套罢了。

我穿着校服和叔叔约会，有时连书包也带在身边，还趴在床上做几何题。其实我不急着做作业，只是完善角色。他要一个高中生，我便给他呈现一个十足的。不知道为什么，我感觉这是我的义务。我当然也会翘起小腿来在空中晃来晃去，他当然也会顺势捉住，亲吻直至膝盖窝。这是他的义务。他的义务还包括穿西装裤、出差、开会、给属下打电话。

这样说就更明确了：我们在一起就像一场角色扮演。我演一个典型的年轻女人，他演一个典型的成熟男人。

有时候我觉得很累，就拜托身体的某一部分替我演一下。让我的脖子、胸部、小腹和大腿去动情，让我的心可以松弛一下。还好我身上的一切都年轻得很典型。它们光滑、富有弹性，令人深信不疑。我想迟早有一天我会像教导主任一样怨恨这一切的消逝。但我就是这样的人，只要青春一天不消逝，我就要挥霍。何况青春这样东西，越是挥霍看起来反而越多。

你说这可以算是恋爱吗？好像更像一场目的明确的撩拨。

你问我为什么？当然是因为他让我好快乐。我觉得我天生是一架手风琴，需要被人抱在怀里弹奏。最年轻敏感的身体，遇上最娴熟的撩拨，怎么会不快乐。

宝莉说到这里的时候，你才注意到她的手指一直在光裸的手臂上摩挲着，就好像那里有看不见的音阶。她说，只有好的演奏者才能让乐器发出最动听的声音不是吗？在不敢爱的人眼里，我就是一块木头，几个弹簧片，还有一个布满灰尘的风箱罢了。你忍不住换了一个坐姿，几乎无意识地点了点头。

但是你不要以为我只有欲望，没有心。宝莉压低声音说，我曾经爱过一个和他很像的男生。不过你不要告诉别人哦，太丢脸了。

你不明白，这有什么好丢脸的？宝莉近乎慈祥地看着你说，他不爱我咯。

不爱宝莉的人，都被宝莉从她的个人历史中抹去。所以我们刚刚看到的故事，不过是女主角自说自话的剪辑版本。

宝莉是在十七岁爱上这个男生的。很巧的是，他也刚好十七岁。在这过去的十七年里，他们竟然做了整整十七年的同龄人。宝莉后来想了一想，这大概就是她和这个男生之间最深刻的缘分。

这个同龄的男生，只能从远处回忆。一旦他走近一点，宝莉就认不出他了。这不能怪宝莉。她没有轻轻抚过他脸上的绒毛，从未握过他的手，不知道他手指上的倒刺长在什么位置。她连他的眼睛都不曾仔细看过，因为每次撞上她的视线，他就把脸转开。其实她也没有必要认出他来，因为她从来都没有机会站在什么地方等他。她没有机会兴高采烈地向他挥手，等他走近。她的回忆里没有这样的画面。

等这个男生到了远处，宝莉便想得起他了。他当时十七岁，长相中规中矩，个头不高不低，每天都穿校服。且不说世界上这样的男生有多少个，世界上的校服都差不多，但她能一眼就将他分辨出来。硬要讲他有什么特别，我们只好讲他做伸展运动时两条手臂的夹角总是固定在某个度数，他打喷嚏的时候可以什么声音也不发出，噢，还有，他不爱莫宝莉的心，居然比莫宝莉爱他的心更甚。因为宝莉这样活络、这样生猛、这样热烈，而他是那样平淡、那样平淡、那样……平淡的男孩。就是因为“这样”和“那样”的区别，他不动声色地躲到了她的远处。宝莉看他，像看一幅角落里的画作。他这个人，倒不是那画作本身，也不是中心人物。他是这幅被遗忘在角落里的画上的又一个角落，是晨曦中的第二缕光线，是江上薄雾。他不相信有人为他驻足，将他从五光十色的世界上分辨出来投以凝视。

宝莉的爱意像一束聚光灯，让他移步至展厅中心位置，也把他的平淡无奇弄得人尽皆知。这个不知是幸运还是不幸的男孩，从来没有想过他平顺的高中生活居然会起这么个涟漪。他凭什么和莫宝莉这个名字连在一起？不对。是她凭什么，只因为一些虚无缥缈的所谓感觉就擅自让他的名字和她的连在一起？莫宝莉不是用她自己一个人的眼睛在看他。莫宝莉一看他，全班都在看莫宝莉看他。莫宝莉不是用她一个人的声音在叫他。莫宝莉和他说一句话，不知能产生多少段窃窃私语。是，他有千百个配不上她莫宝莉的理由。但他明明在自己的角落待得好好的，却突然被这样拉出来示众——她的理由居然是爱吗？还有什么比这更自私荒谬？况且像莫宝莉那样的女孩——八成是一时兴起罢了，或是对他的个人魅力有什么误会。要是自己真着了她的道，过程不知多麻烦，结局不知多悲惨。他的脑子里有个莫名其妙但是乍一看很有道理的看法：浓烈的东西，总不会太持久。

当然，宝莉对这一切并不知情。她心中苦恼的，不过是如何才能离他更近。她发过去的消息全部石沉大海，她在学校活动的路线全部被完美避开：真是绝了，她若是一下课就跑到走廊上，他就连厕所都能憋着不去。她只好大摇大摆地走到他桌子前面，再装模作样地问他的邻居们要不要“大家一起”去电影院。

“我还是回去看书吧。”他总是这么说。宝莉也不做什么表示，每次都如约和其他人一起出去玩，潇潇洒洒，漂漂亮亮，开开心心。突然有一天，他又说了，“我还是回去看书吧。”她沉默了一会儿，紧紧盯着他头顶，“既然这么爱看书，那我们去市图书馆吧，座位号票我来搞定。”他没想到套路临时被打乱，登时一句反驳的话也想不出。市图书馆是“自习圣地”，一到周末更是“朝圣者”无数。座位有限，不可预定，一号难求，据说早晨七点半去门口排队也只能领到地下室的位置。

关于这件事的结局，我只有一句话想说：宝莉，天真的宝莉。你为什么不在得知他不会来的这一刻就死心？

但是宝莉的心居然非常坚硬。

它熬过了一夜，没有被伤心的泪水击穿。它熬过了第二天的数学课、物理课、语文考试、英语听写以及过于宁静的自习时间。它熬过了他每一个与她无关的微笑，每一副毫无歉意的冷漠的表情。

不过它到底是宝莉的心脏，怎么也拗不过宝莉本人。

漫长的一天过去了，教学楼里逐渐不见人影。我们见到宝莉低着头下了楼梯。我们又见到宝莉下了楼梯又偷偷走回来，在一片斑驳的白墙前面站定。她面前是一个没有门的门洞，进出十分方便，只是气味不那么好闻。人们忍不住的时候就习惯来这里解决一下。一个男生悠然自得地走了出来，显然是解决完了。他看见门口站着莫宝莉，情不自禁地转身看了看门框上方的“男厕所”三个字，又尽情打量了这个好似在发呆的女生几眼才走开。厕所里传来洗拖把的声音，随便听听感觉其实和海浪击打礁石的声音没有太大差别，为这个场景加入唯一的浪漫元素。

莫宝莉也是来解决的。她要来解决的，就是里面洗拖把的这个人，这个不爱她的人。她心中想了几句台词——“为什么不回我的信息”“为什么不来找我”，并且暗自比较哪句讲出来更加掷地有声。其实我们都能看出来她真正想问的是“为什么不爱我”，也看得出来她是来自讨苦吃、自取其辱。不要说你莫宝莉了，不管谁问出这句话，都是要死的。

男生旋转木棍，尽量将拖把拧干。每个动作都十分耐心细致，不过还是有水滴下来。他认真地看着水滴下来在地面画出的形状，像是丝毫没有察觉身后站了一个莫宝莉。但他回过头来说出来的话却是——“你怎么还没走”。

那天晚上，她去了一个聚会。对对，这里的情节是你有些熟悉的了。宝莉坐下才发现认识的人都没来，偷偷喝酒然后大哭一场的计划就此落空。但是她觉得这样也好。放眼望去都是陌生人的脸，它们暧昧地重叠在一起，像马赛克一样把他的样子抹掉了一点。其实有什么可惜的呢，她连这个人的爱是什么样子的都没见过，为什么要可惜得不到他的爱。真正让宝莉悲伤的是，她自己那份闪闪发亮的爱送不出去了。她态度够好了，精心装点，双手奉上。对方不但拒收，甚至连门都不开。现在她捧着她被退回的爱，也忍不住怀疑起来，是不是它根本就不美好、不值得、不够让人心动。

就在莫宝莉感觉自己的心像无人问津的广告传单一样被塞进垃圾箱的时候，她突然发现一个男人在看她。是给婴儿喂食一般的那种看，温度不高不低，正好入口。看一眼，确认她起了吸吮反应，再看一眼。那视线温柔又坚决，好似在说：吞下我，吸收我，你才能长大。宝莉忍不住拨了拨头发。这个男人不着痕迹地在靠近她，只有她注意到了，又要假装和其他人一样毫不在乎。宝莉的身体比她先紧张起来，交叠的双腿悄悄收紧，两只手也一下子有了意识般思考起"我是谁""我从哪里来""我要去哪里"的问题。他越是看她，她越是觉得自己的身体在一部分一部分地鲜活起来。这种饶有兴致的观赏，把先前碎掉的那个莫宝莉又一块一块拼起来了。男人十分自然地和周围打招呼，最后在她斜对面坐下。宝莉终于明白为何总是有种似曾相识的感觉挥之不去。

太像了。眉眼，嘴唇，肩膀线条，走路姿态。这个男人简直就是那个男生的沧桑版本。宝莉怀疑是自己突然老了十几年。她很想问他是不是有一个十七岁的私生子，在某某高中读书，又觉得太唐突了一些。男人的手指上没有戴婚戒，也有可能是刚刚取下了。他穿黑色毛衣、牛仔裤，客观来说其实不是个上年纪的人。要怪就怪宝莉太年轻了，才让他们的差距尤其显眼。不过宝莉此时上上下下地看他，主要在找他全身哪里能藏下一枚婚戒。她一时想不出这两个男人要不是父子还能是什么关系。果真如此的话，这故事洒的狗血倒也够把她的不甘和伤心覆盖得严严实实了。男人轻轻笑着，一边与人闲聊，一边巧妙地透露自己仍然单身。宝莉知道这是说给她听的。就算不是说给她听，也是说给在场的女人们听的。他要她成为聆听他的女人们的其中一个。只不过这时候他还不知道她的名字，莫宝莉。莫宝莉怎么会甘心做个配角。她调整了一下姿态，表示正式接受了他之前散发的信号。之后又懒懒地和他搭话，意思是既然你起了头，这故事也由你来圆吧。没想到男人也慢下来，只是问了些和学校有关的问题，仿佛真的把她当个小高中生看了。宝莉又想起那个不爱她的人来，想起那个人居然不看她，去看拖把。眼前的这个男人，会不会也是这副德行？宝莉站起来，几乎带着恨意。至于到底是在恨谁，其实她自己也不是十分清楚。她看着他说“那我走了”，算是隔空回了少年的那句“你怎么还没走”。宝莉低下头来整理衣服，让散落的头发遮住大半张脸。她不敢心存期待。或者说，她期待的心十分颤抖。这时候头顶上方传来男人的声音：“我送你吧。”

后面的事情你大致听说了，也许还一边听一边暗自在心里想：啊呀，那样的女孩子，大概是落入了老男人的圈套还沾沾自喜吧。莫宝莉有时候也会想一下，她到底是不是注定要做“那样”的女孩，是不是真的“那样”，才满足人们对她的猜想和判断，才能让大家满意？宝莉再回到学校的时候，尤其是再看到那张年轻的她爱过的脸，不禁也生出一种恍如隔世的感觉。

她很想干脆就爱上叔叔算了，就当他是时空旅行者，旅行的意义就是寻找青春时代错过的她，给她一些偿还。可是他总是离她那么近，让她看到他的舌头、眼睛、太阳穴，让她看到了他们之间的差别。如果她曾驻足欣赏的那张小画，当真变成了这样一幅野心勃勃的招贴画，她也会为他伤心的。

但是，如果我们假设，他们真的相似到了一定程度，几乎可以被认为是同一个人物的两个版本呢？

等等，既然是上帝视角，让我们也去看看那十七岁的男孩。那男孩偶尔也听说了一些传言，说那个宝莉啊，生活很复杂，好像和外面的老男人不清不楚的。他惆怅了两日，便也释然了——毕竟，她原本就是“那样”的女孩、那样的宝莉和这样的他，原本就是两个世界的人嘛！

他坐在教室的角落，终于得以安然度过青春岁月。

宝莉偶尔向远处的他投去短促的目光：如果等他长大到三十六岁才会拥抱她，那么他们之间的距离很明确了。是十七年。

恋爱四章

有的故事长，有的故事短，但是开头的时候完全看不出来。人与人的羁绊更是如此。明明拉钩上吊一百年不许变的伙伴，一夕之间搬走了。旧时青梅竹马，老死不相往来。情节潦草就罢了，连结尾也仓促。

后来，你玛丽苏了，想活成青春小说那个样子。但是期待的桥段一个都没发生，你落笔时只好写下他的名字，反反复复，反反复复。

再后来，你真的恋爱了，又真的失恋了。大概就是，一部十万字的言情正要展开的时候，男主角突然跑了。你站在原地，逐渐站成一个祈祷的少女：现在的伤心欲绝，一定只是引言吧；这个故事的正文，一定才刚要开始吧；再熬个几页，一定会翻到“三个月后”“三年后”乃至“十年后”这样的字眼吧；至于情节的走向，一定是再续前缘，先虐后甜吧。一定，一定会是这样的吧。

结果故事真的就此结束。你的愿望全数落空。

多年过去，不得不说，你的故事写得越来越精彩了。跌宕起伏，千回百转的。你掂掂手头几部血泪史，反而羡慕起别人平淡无奇的流水账来。别人的爱情洋洋洒洒，好歹写一部长篇。为什么你的爱情，通通拖成了残篇？

在大概第四章的位置，我决定不干了。

人生毕竟还有很多事要做，要浇花，要挣钱，要送小孩上学，而爱情故事是写不完的。唐传奇的传奇就这样停在了第四章的位置，再也不会被谁提起。事实是，在第四章以后，唐传奇本人就失去了踪迹。我在招聘网站找到的最近一份简历显示，二〇一三年末，他在西部的一个小城求职。

唐传奇的简历写得和他的大脑一样简单，活到二十八岁了，自我评价那一栏还是抄的小学老师期末评语——只不过把“尊敬师长，友爱同学”换成了“尊敬领导，友爱同事”。但是唐传奇有一个不简单的小脑，平衡感非常好，不晕车，不晕船，不晕飞机。这就给了他一个实实在在的友爱的机会。

在大概第一章开篇的位置，恰好有一次集体旅行。作为一个懒散的写作者，我大概也就是随便描述了一下当天是怎样的风和日丽，又是如何的风云突变。那时我和唐传奇面对面坐在一条小船上。

我不知道你们有没有坐过海上的小船，真的很不一般。

船的外侧是浪浪的大海，船的里侧是浪浪的女同学。唐传奇像一棵榕树一样，张开他的四肢，每一条都挂着一个女同学。真正的花枝。真正的乱颤。谁让他是这条动荡不安的小船上唯一的男乘客。我在慌乱中一直盯着他的眼睛，他也用眼神回以求救。风浪又起，女同学们尖叫归尖叫，不忘把指甲又掐深一些。我眼前的画面则是：野外，小船，一男，四女。唐传奇长得也像个男优，身材结实，面容猥琐。诸位看到这里大概不想看下去了，猥琐男的故事有什么好看。

那么我们换一句。

还好唐传奇实在太不像 AV 男优，他下颚方正，眼神坚毅，面对大风大浪也毫无惧色，放到古装片里绝对是演将军的上好人选。我隐隐约约觉得上辈子不是他救过我一命，就是我救过他。当然，最吸引我的，还是那具肉身。唐将军身长一米八五，四肢皆强壮有力，肩膀宽厚，两片胸肌巧克力一样，软硬适中，无论哪种姿态都是铮铮男子。大概与你们看童颜巨乳是一样的，叫人在海上一边害怕一边咽口水。

彼时我心灵受伤，看那些凭着小智慧小才华耍些聪明把戏的男人都是油嘴滑舌。唐将军不一样，他握紧拳头后的小臂线条就让女人心惊，他本人就是一具代表生殖崇拜的雕塑。哪怕这小船靠岸无人岛，我们也能就地繁殖出一个新世界。Yes, we can.

最后小船还是靠在了它该靠的地方。我突然发现繁殖新世界不靠可口男人和热情女人，扔下去一个带着喇叭的导游即可。

“靠！靠了！终于靠了！”唐将军把头晕目眩的女同学一一搀扶下船，大家都有种重生般的兴奋。这片沙滩上全是黑色的鹅卵石，被太阳晒得发烫。唐将军折返来船上接我，黝黑发亮，像那些石头里的一枚。不知是否因为脑内旖旎幻想，我的手心也有些发烫。简陋小船只靠一条烂木板与岸上连接，最后需奋力一跳才好落地，唐将军顺势握住我腰肢。

我至今怀念这一握，主要是怀念彼时纤纤腰肢，那简直是身为少女的最后凭证。少女变为妇女与男人并没有太大关系，全凭自己掌控。哪一天敞开肚腩在办公室坐成一摊膪肉，少女时代就真正结束了。

唐将军小我几岁，是别系的学弟。但是你却很难说他还是个少年。他总是心事重重、肌肉紧绷，好像随时准备跳下海去当救生员。后来我才知道，唐将军的学费全靠他亲姐姐赚来，他课余努力打工想经济独立，也想还一点债。

只是姐姐的青春如何还得来？

“其实姐姐现在过得不是不好。她结婚了，今年刚生了一个小子。只是有时候我会想，如果没有我，姐姐是不是能多条路。即使是走现在这条路，她是不是能多攒一些钱。”

唐传奇说这些话的时候，故事已经进入第三章。我躺在他胸口，完美呈现电视剧里常常用来表示“这两人搞过了”的烂俗姿势。

“我也想慢慢淡出姐姐的生活，她现在有她的家庭，我不该再麻烦她。”唉，说得好有道理。可是一个赤条条的我，如何拯救一个赤条条的你呢。我轻轻抚摸他胸脯中间那道性感凹槽，不知是安慰他还是安慰自己。

“我现在是一个人了，不过还好，我还有你。”他捉住溜到肚脐的手指，放到掌心一吻。

好小子，这下可算是完了。这种不亚于当众求婚的尴尬情节里，要我怎么说，我是一个罕见的坏女人，身是身，心是心？

“我是一个很坏的，咳，姐姐。”也只好这样说。“千万不要对我太动情。”又补上一句，“你只是一个嘴硬的姐姐。我知道，你是最好的姐姐。”两片胸脯外加一个膀子向我猛地袭来，收紧，再收紧，浓烈的荷尔蒙呛得我说不出话。

是谁给这个男孩这样柔软的嘴唇，这样苦的命运。

我知道这故事不管说给谁听，那人都会反过来笑我傻。一个男的，不论怎么，也和你，那什么，快活过了，他有什么好吃亏？我却觉得他亏大了，所有的快活都由我占尽。我们也像正常情侣一般手拖手逛校园、走操场、扫荡夜市。虽然偶尔谈话不在一个频道上，但是我极会笑，他极会吻，于是一切尴尬都可化解。我时常一头栽进他胸口，抱紧这具好肉体。唐传奇却觉得是因为我爱他。是一种什么样的爱呢，不亚于一个小胖子一头栽进巧克力泳池的那种爱。

不对，我只是贪欢。我这样和自己说。

为了弥补心里的愧疚，我也对他越发的好了。简直像个真正的姐姐。他也总是满足我的欲望。我与别的女孩不同，对包包和鞋子少有欲望，对他本人很有欲望。我买衬衫给他穿上，再像剥糖纸一样剥下。唐传奇却觉得是因为我爱他，不要求他缺乏的，只索取他富足的。这个误会真是美好得我本人也快要相信了。

不对，我只是贪欢。我这样对自己说。

两个精力旺盛的人在一起贪欢，不过是这样罢了。我的好弟弟。

这段恋情也引起了我身边朋友的不解。他们说，真没想到你会和他在一起。可是这世界上想不到的事情可多着呢。你们无论如何也想不出唐传奇有多好看的一个屁股。这个屁股常常令我想做一个男人，从背后搞搞他。我对唐传奇的欲望是全方面的，包括正面和背面，包括女性的一面和男性的一面。我想听他哀号，哭泣着求我说哥哥饶了我吧。可是我到底还是一个女人，他从来都叫我姐姐。

直到第三章结束的时候，唐传奇还是叫我姐姐。唐传奇的声音和他的外形并不相配，软软糯糯，像个南方人。我不知你们有没有吃过一种叫黄金糕的点心，唐传奇的声音就是那个味道。

“真的没有办法吗？”

“我研究生毕业，你还在读大三。我也不想离开家里那么远。”我把一众现实原因堆在唐传奇面前，显得严肃庄重。

“你根本不是这样的人。你在骗我。”唐传奇毕竟有些了解我。

“你不知道，女人现实起来不是人。”我开始烦躁。

毕业季，校园上空弥漫着酒精和呕吐物的味道。有些人觉得这就是青春。可惜我一向知道自己要什么不要什么，这就显得非常不青春。

此刻，隔在我和唐传奇中间的，是食堂著名的烩饭和长达五分钟的沉默。

唐传奇看起来有些哀伤，有些欲言又止，这让他看起来更老了。

“这样吧，我再答应你最后一个要求。”我心里想着最后一搞。

没想到唐传奇红了眼睛。“还是做我的姐姐好不好。不要抛下我。”他说。

“我是不是，非常，非常的，像你的姐姐？”我看了一眼烩饭，突然明白了什么。

唐传奇没有回答，只是把头埋进了我给他买的那件衬衣里。

第三章就此结束了。我的爱情却是从翻页的那个瞬间开始的。

在离开唐传奇以后，我反而忘不了他。萦绕着愧疚的一段恋情，原来不过是各取所需。哈，“姐姐”“姐姐”地叫我，原来是那个姐姐。哈，“传奇”“传奇”地叫他，还真是个传奇！我对他的欣赏是真的，对他的心疼是真的，对他的欲望，从来都是真的。而我自己，做了别人禁忌之爱的替代品还沾沾自喜、洋洋得意。我的潇洒是假的，我的愚蠢才是真的。

我不急着找工作，每天专心做蠢事：去各大引擎搜索他过去的事，申请社交小号去窥探他现在的事，寻遍星座占卜预言他未来的事。我的搜索栏里只要打下一个 t 就出现唐传奇的名字。偶尔有同事问起，我只好说，这是唐代的一种文体。

我从前不愿正经当女友，现在倒是做起正牌前女友来了。我的恋爱是假的，我的失恋倒是真的。

终于有一天，我忍不住拨通了唐传奇的电话。

“喂，你爱过我吗？”

“你呢，你爱过我吗？”

一个问题问得我筋疲力尽。

我挂了电话在地板上躺平，才发现房间不知什么时候贴上了玫瑰墙纸。大概是父母趁我离家精心布置的。在他们眼中，我永远是纯洁的小少女一名。可是我知道，我的少女时代在那一刻结束了。

有的故事短，有的故事长。谁也不知道我和唐传奇的故事本该有几章。是提前结束了吗，还是再说一个字也多余？

我独自一人缓慢写着恋爱的第四章，不是不尴尬。回忆中的唐传奇自带柔光，简直不像他本人。我一次也没有想起他汗津津的身体，才恍然发觉自己其实一直在寻找他爱我的证据。和爱情相比，欲望比较容易留下证据。但是怎么办呢，我的爱情与欲望总是交缠在一起。

唐传奇是个像电热毯一样的人，开关一拨就加热，再拨就发烫。现在，他是一块不插电的电热毯，就快要变成一条普通的毯子了。我反而想好好把他抱在怀里。

如果有可能，我想再埋进他胸口一秒，再贪恋他的温热一秒。然后就抬起头来，好好看他的眼睛。

尤其当我对他说“我是一个很坏的姐姐。千万不要对我太动情”。

那一刻，尤其。

玛丽真的一天

春天起风的时候，世界就变成一个子宫。柳絮能飘到的地方就是柳树的子宫，蒲公英能飘到的地方就是蒲公英的子宫。这话听起来并不严谨，人们却对这种偶然不以为意。他们穿行在随意飘散的植物种子里，坚称要寻找命定的爱情。可是这种坚定一旦持续了二十六年之久，就会被认为是一种固执。

今天是特别日子，昏暗的房间里一切就绪，灯光、音乐都有了，只等一个披头散发的女人嘟起粉嫩嘴唇。阿真轻轻吹灭最后一根蜡烛，尽量不让口水喷到蛋糕上。好了，单身的第二十七年开始了。

阿真并不觉得自己固执，只不过爱情对她来说就像奥运圣火，一旦点燃就绝对不可以熄灭。偏偏这世上许多体能过硬的无情人，无论爬墙还是灭火都迅猛如消防队员。

至于遇到渣男的几率，看看在场这一圈抛家弃子跑来为她庆生的女友们便知。现在倒是一个个翩若惊鸿，婉若游龙，对着一块蛋糕欲拒还迎的，失恋的时候还不是黏乎乎全都哭成鼻涕人儿。姐妹四个，平均每人两个失败的前男友，也就是说在她的迷你交际圈里就均匀分布着八个渣男。偏偏是这群越挫越勇的女人，日日劝阿真如此这般：

“阿真，快快去见男人。”

“阿真，速速去告白。”

“阿真，宁可错杀，不可放过啊。”

一想到这个阿真就浑身起鸡皮疙瘩。时不时就熄灭一次的爱情，哪里还是象征奥林匹克精神、消灭战争带来和平的圣火？无非是普通的运动会而已。喏，无非是大家放个小假，一起做做运动。女友们轮番恋爱着，又相继失恋，一个哭，一个笑，一个累，一个醉，处处响起出发的枪声，时时传来结束的哨音，让阿真身心俱疲，不禁想向《动物世界》发问：人类为何没有固定的发情季节？

即使是这样跌跌撞撞，当年一群糙妹，也都从恋爱的起跑线上出发了。唯有阿真一个，没有跳过高，没有冲过刺，没有在一分钟内用筷子夹起过三十个乒乓球。她默默退到了观众席，接着一路攀登上了主席台，终于活活熬成了一个评论员。

运动员们……噢，不是，女友们都走了，阿真刷完最后一只锅，打开厨房的窗子。天气渐热，雨水也多，有孤胆小虫努力飞到五楼。它背后城市夜空亮如白昼，随处是人形怪兽——它父母实在不懂忍下繁殖冲动。不过总体来说，阿真吸一口气，总体来说，二十七岁的夜晚与别的夜晚好像也没有什么不同，还是要洗碗。有恋人的夜晚，大概会和一个人的夜晚略微不同。那个人的出现，也许会像是有人往这空中泼一团墨，为她画出一条银河，造出一个宇宙。若实在点不亮星空也造不出宇宙来，起码能抹干锅碗瓢盆，一一塞进碗柜去吧。

这天晚上，阿真做了一个梦。梦里她头戴橄榄枝，身披白睡袍，蹲在路边烤乳鸽。一队光着脚跑步的男人从她眼前掠过，健壮的小腿黝黑发亮，乳鸽也是。“再不吃我就老了！再不吃我就焦了！”乳鸽尖叫。阿真醒来，只凌晨四点半。天哪，二十七岁的第一天，已经醒得和外婆一样早了吗？阿真躺在床上猛摇头，隐约觉得又疼又痒，用手一摸，脖子后面接近头皮的地方似有一片小疙瘩。

“没事，是病毒性疱疹。”医生淡淡坐下，“只是位置长得奇怪，一般人长在腰腹、口唇或私处。”一边说着，一边轻轻扫了阿真一眼。

阿真方才直起腰来把凌乱的头发拨乱反正，一接到这眼神急忙回应：“没，没，别的地方都没有。”

“我是医生，你不用不好意思，有什么情况要及时治疗。”那男医生不屈不挠。

“真的没有！”阿真坐定，抓紧包包，聚目凝神。啊，向丈夫解释自己并没有出轨也不过如此吧。

两人对视三秒，医生笑了出来，露出两颗虎牙，看起来甚至有点可爱，头上瞬间“叮”一声长出了男主光环——

那是金色的圆环，切切实实地悬浮在医生头顶五厘米处，时不时地抖动一下，像是要避开坚硬的发胶。圆环的中间镶嵌着两个浮夸的大字：男主。

带着光环的医生慈祥地嘱咐阿真，要每日三顿上消炎药水，患处不可用手接触……“不过你这个位置倒是隐藏很深，”医生瞥了一眼这神经紧张的患者，她的头发又多又黑，到冬天可做豪华披肩，“若你有爱人，不要让他亲吻你患处，以免感染。”说着又笑。

阿真看到那男主光环人已痴傻，听到这句更如小学生般绷直身子回答：“没有！没有爱人！没有亲！”阿真不顾脸面不可自拔地盯着那个写着“男主”二字的光环，几乎如宫女般倒着退了出去。只见诊室的门上金光闪闪几个小字：皮肤科，吴达彬。

天……啊……

至于后来是如何通过那翘着十八条二郎腿的拥挤过道，如何挤进停着两副轮椅的医院电梯，如何穿过熙熙攘攘堪比汽车总站的候诊大厅，阿真全然不知。在二十七岁的第一天，上帝怜悯这个从来都不敢行动的女人，给了她再明确不过的指示。

阿真站在医院门口，面前是一条马路：有提着饭盒匆忙赶来的妇人，有放学结伴回家的小学生，有骑着三轮收废品的大伯，有排队买包子的上班族。不过一切都不重要，阿真想着。这些人的头上通通都有一个标签，上面写着“路人”。“路人”“小学班主任二姨”“办公楼保安情妇”“早餐店 B2 桌常客”，阿真饱受刺激，感觉很难好好正视这个世界。一顿浑浑噩噩的低头赶路之后，终于回到自家小区。

熟悉的地方总归能带来一些安全感吧？她刚要松一口气，结果下一秒就差点晕过去。只见通向公寓的花园石子路上隐约出现了一个看起来像是激光的箭头，下面标着“回家”，而通向出口的水泥路上则出现了另一个箭头，下面写着“约会”。

阿真脑中浮现世界名画《奥维尔教堂》。年轻时乱看，还认不出是教堂，只当是一座乡村豪宅，门前两条V形岔路，一条通向正厅里的丈夫，一条通向偏门里的园丁，那妇人的心该是何等犹豫。此刻阿真的天空也变为深蓝色，密云压顶，公寓楼阴沉如斯，而伊自己便是那分岔路上的妇女。一边是生活了四年的单身公寓，冰箱里尚有昨天剩下的糖醋小排，进门即可解开内衣翘起脚来看电视剧；另一边，阿真望向箭头所指，不知对面是何珍禽异兽。但是，但是，但是是约会啊！对这个熟悉又陌生的词汇，她从来都只知其能指，不知其所指。

阿真想起吴医生可爱笑容，明明还是个大男孩。不过，万一那男主光环是真的，岂不是终于给她拣到正确的人选，成功的恋爱，安稳的人生？若你也在场，见到一个握紧拳头表情肃穆低头赶路的女人，请不要惊慌。这段路程对她而言，如传递奥运圣火般真正神圣庄严。

阿真在一家咖啡馆门口停下。就是这里了。

一个亲切和蔼的女人迎面就问是否参加今晚的电影沙龙。阿真被领到楼上傻傻坐好，见墙壁上临时放下一块幕布，周围红男绿女，一个个长得像是天生要来咖啡馆看电影。阿真身上还穿着简单的白衬衣，不由有些局促。而且盼来望去，就是不见吴医生。

客人落座完毕，电影立刻开始，是一部波兰影片，叫《与安娜的四个夜晚》。形容猥琐的奥卡拉萨是一个烧尸人，长期窥伺住在家对面的女人安娜，不惜研制迷药侵入安娜的家，却只是为她缝补大衣，给她涂脚趾甲。

阿真看得要落下泪来。单身了这许多年，不代表不曾动过心。埋藏在深处的爱意，从来都只拿自己的泪水浇灌。对方一个不经意的眼神甚至甜蜜过一个明确的亲吻。毕竟想象中的爱人永远完美，想象中的爱情不会变质，一个人的暗恋才能永远掌控在自己手中。阿真太害怕这幻境被打破，也太害怕一颗心会被放在空中甩。但是到头来，不过是自欺欺人罢了。

安娜办生日酒会，奥卡拉萨在自己家中穿上西装，打上领带，端起一杯酒轻轻祝福他的爱人。阿真闭上眼睛不忍看画面，脑中却想起自己。十七岁的自己、二十岁的自己、二十三岁的自己，乃至现在二十七岁的自己，永远躲在小小角落远远看着轻轻叹着苦苦想着默默念着——那个毫不知情的爱人。

“小姐。”身旁传来一个声音。阿真睁开眼睛，已是泪眼婆娑，模模糊糊见到面前一只白净的手，递来一张纸巾。她赶忙擦了鼻涕眼泪连声道谢，一看那人，眉目朗朗，面带善意，头上写着两个字：“男二”。阿真忍不住笑出来，这设定也未免太配套。

那男二先生凑过来问："我长得好笑吗？"

阿真觉得耳朵又红又痒，似有蚂蚁在爬，"你长得好看。"平时绝说不出口的笑话也来了。毕竟男二，是会拜倒在她的A字裙下的吧？

"这片子太阴郁，还好有美人夸奖，不然我今晚要郁闷而死了。"那边厢也不示弱。

此时幕布上奥卡拉萨回到自己的家，习惯性地向窗外窥探，却发现安娜的住处已被夷为平地。阿真倒不像他那么绝望了。影毕，男男女女纷纷起身，也有的兀自感伤。男二先生向她眨一眨眼，看起来一点也不讨厌。"我们下去再喝一杯吧，直接回家睡觉真怕要梦到那个烧尸人。"

他站起来，比阿真高一个头，穿着简单的T恤和牛仔裤，背挺得笔直，手臂健壮。他真像一缕阳光，照得她心中亮出一块空地。又也许是因为灯光昏黄，看谁都特别勇敢善良。阿真半推半就，把自己扔进一个沙发，好像一把摔坏的提琴，再也不用绷紧她的弦。

今晚的气氛一如这个慵懒座椅，是布做的，是朴实的，又不能说不醉人。男二先生很会聊天，只怕是情场高手。但是这并不重要，毕竟男二总归是有他存在的理由。阿真第一次觉得自己也可以非常迷人。

其实这件事身边的女友们轮番对她说过：

"阿真，你长得这么好看，为何没有男朋友？"

"阿真，你很苗条大可穿修身裙。"

"阿真，你只要做到不拒人千里之外。"

哦，是吗？阿真转动咖啡杯，歪头认真看一眼男二先生。他正讲得热火朝天也忍不住顿了一下下，眼睛里闪烁光芒。噢，可能真的是这样呢。阿真如握法宝。

“安晨！”忽然身后传来一个耳熟的声音。男二先生抬眉，“我还以为又要被我们吴医生放鸽子。”两人热烈击掌，像是很久没有见了。阿真战战兢兢回头，那人果然是吴达彬。

“你也知道我们做医生的哪里有准时下班这一说……咦，你不是，黄永真小姐？”吴达彬咧开大大笑容，“没有爱人，没有亲亲的黄小姐。”

阿真看着男主和男二欢聚一堂，只怪这篇故事为何不是《哈利·波特》，不然她一定立刻瞬间移动离开这是非之地。

“你们认识？”安晨顿住，头上的男二光环闪烁其词。

“也不算，今天白天刚给黄小姐看过诊，印象深刻。”吴达彬眨眼，看起来也丝毫不讨人厌。

“你都知道黄小姐没有爱人，已是快我一步。你不知道，我刚刚试探了很久都没好意思问。”安晨摇头。

阿真快要手脚痉挛。老天爷，你到底什么意思？

“别别别，现在开玩笑也就罢了。一会儿可别乱说话，不然我会死。”正说着，门口又翩翩走来一位丽人。

“来来来，介绍一下，这是我女友舒怡，这是我的好兄弟，人民警察安晨。”

阿真定睛一看，犹遭雷击。那女人的头上分明也有一个光环，那光环上分明写着“女主”。分明是她闯进了别人的故事啊！阿真在心里打自己一个巴掌：这么爱当女主，为何不去公安局改名叫自己“玛丽真”？

那三人热络聊起天来，阿真轮番看着伊头上的光环，男主是吴达彬没错，只不过女主不是她而是舒怡，那么安晨……这个照亮她心中空地的男二先生，其实也与她毫无瓜葛吗？阿真惊觉自己的伤心其实是因为这个人。

安晨像是注意到她情绪不对，频频丢来关切的眼神。越是如此，阿真越是觉得自己丢脸丢到了外婆家。好一场自作多情的所谓邂逅，好一场竹篮打水，好一场空！

“不好意思，我去一下洗手间。”灰姑娘被打回原形的时候也没有如此难堪，马车变回南瓜至少还能煮粥喝。她把冰冷的水拍到脸上，想让自己的脑袋清醒。抬起头来，忘掉什么男主女主，明天又是原来那个矜持的好阿真……

阿真看镜子里的自己，湿漉漉的，并不真切。突然，她瞪大了双眼……

阿真走出洗手间，已是另一副心情。安晨远远扯着脖子搜寻，见她面色如常才松了一口气。吴达彬和女友见状又是一顿取笑。

阿真最后整理了一下头发才吸气提臀地走过去。安先生反倒懒洋洋把头搁在沙发靠背上看她。她想起小时候在路上偶遇的小狗也是这个眼神，让人想好好给他做一顿红烧肉。

“哎，送我回家好不好，警察先生？”阿真丝毫不敢看其他二人的表情。

“当然可以，保护市民是我的责任。”安晨的眼睛里简直有一条银河。

阿真窘得胡乱道了个别就转身朝门口走去，还好背后紧随着一个沉稳脚步、一双坚定眼神，这让她露出真心笑容。她知道自己头上也有两个字在闪闪发光。

珍爱生命，远离女主。

亲爱的男二先生，我是女二小姐。

世界的用途

①

浴室里挂着三条浴巾，有一条是新的，一定是安德烈又带了小女友来过夜。

安德烈十九岁，大学上了两个学期，女友换了四个。

你见到他便不会觉得奇怪。他一头金发永远蓬松，又玩电吉他。女孩子都为他疯狂。

安德烈出生就是来享福的，他吃奶油不会发胖，喝酒不会醉。

他妈妈也宠这小儿，不要他名列前茅，只求他至少考试前夜翻开书来看。

世上唯一看不惯他的女人只有他姐姐。

“安德烈，不要跑到我房间吃外卖！”

“安德烈，你知不知道现在已经几点了？”

“安德烈，你自己把宝贝吉他摊在地上，现在又怪我踩到它？”

兄弟姐妹吵架是很平常的事，听起来没什么特别悲惨的。

真正悲惨的是，他亲爱的姐姐正是我。

从小我们睡一架双层床，真心诚意把它当城堡。到了我十四五岁，祖屋大翻修，车库顶上加盖一层小楼。于是我们终于有自己房间，又有单独楼梯出入，好不快活。

安德烈那时只有七八岁，“姐姐”前“姐姐”后的，常常来敲我房门。

真是时过境迁。

根据我个人经验，男孩子到了不黏姐姐的时候，就开始让女孩子心碎。

安德烈的历任女友们彼此都相似，长头发，黑眼珠，肥胸脯。

因为这个，人家说安德烈没有恋姐情结。

我长得似麻秆一根，也许是像离开的爸爸。

我独爱成熟男人，也许是因为离开的爸爸。

别人的初恋教他们什么是爱。我的初恋正好相反。

我十五岁时爱上三十岁的物理老师，过程好不快乐，结局好不悲惨。

我痛定思痛，不再追求结局，只追求快乐。

可惜事与愿违。

早前我登陆社交网站，见到前男友即将结婚，还是掉下泪来。

这是与成熟男子周旋的难处，他们一旦作出选择，就立刻迈入另一阶段的人生。

从此他变成别人的丈夫、别人的父亲，再看我分明还是个黏黏腻腻的小孩子。

安德烈与我不同，他永远潇洒快乐。

有新女友来过夜，他就从柜子拿出一条新浴巾来，让她洗完澡好擦身。

我伸手拿起我那块旧浴巾，细细擦干头发。

暑假才刚过半。

昨夜不知是谁。

“安——德——烈——今天晚上妈妈叫我们去外面吃饭，你等下起来不要忘了给车加满油。”

我交代完便想回房间，门却开了。

“他还在睡。我会转告他的，姐姐。”

没想到是个少年，套了条牛仔裤就来。

头发乱成一个鸟窝，脖子上套三条缰绳，大致表达自己是匹野马的意思。

②

那天的晚餐吃了两小时，我盯安德烈盯了起码一小时半。

我们家安德烈，莫不是弯了吧？

弟弟看穿我心思，翘一个兰花指说那是他的同班同学，人很聪明，脾气也好。

我祝贺他终于找到互补的另一半。

后来我时常见到这少年在家里出没，尤其是开学以后交作业之前。

少了他，恐怕安德烈无法安全毕业。

我也发了姐姐的善心，端茶送水买零食。

这时候我就觉得弟弟仿佛没有长大，还是萝卜样一棵。我却长成了妈妈。

妈妈仍旧一个人，我也是一样。

我想怂恿她出去约会也觉得底气不足。

朋友问我，你寂不寂寞？这话我也想问妈妈。

但是亲人之间竟然不能像朋友一样谈话。

也许是因为朋友谈崩了大不了换一个，亲人却不行。

寂寞的妈妈总是披一条毯子，窝在沙发上看电视。寂寞的我只好也披一条毯子。

有时候我梦见袭来一阵龙卷风，把整个小镇都刮跑。

我和妈妈就披着毯子在天上做女英雄。

梦的确是反的，现实里的我就是个孬种，与不熟悉的人一句话也不多说。

有人说这样太冷漠，我辩解是性格。

人们大多是异性恋，偶尔有一些喜欢同性。

人们大多是群居生物，偶尔有一些爱独居也不为过。

我享受一个人的生活，在图书馆泡着，中午吃一个外卖就在附近的草地上睡觉。

明明和弟弟在一个学校，却从来没有机会碰面。

看到图书馆这一幢巨物，安德烈大概提前十分钟就开始绕路走。

偶尔，倒是会碰见他那个“聪明、脾气又好”的好同学。

走廊，停车场，复印店，贩卖机前，或者秋天的某棵大树下。

他就像一条广告，时常在我的生活里插播着。

我仍旧一个人，他竟然也一样。

“安德烈呢？”我只好问他。

“谁知道呢。”他耸耸肩，就拿出一包烟丝来卷。

“你以后打算做什么？”

“研究隐形材料。”

“什么？”

“隐形材料。”

“魔术那样的？隐身斗篷？”

“跟你说不清楚。”

出了我家的房子，这位好同学就没把我放在眼里了。

我问他要烟来抽，他居然说要告诉我妈妈。

喂，刚刚才成年的人，到底是谁？

我打算把气撒在弟弟头上。

裤脚踩破了几个洞，脏衣服乱丢，深更半夜也不睡觉，怎么都是理由。

“你怎么和妈一模一样。”他跺脚。

“还说！我再问你，为什么都没有在学校看见你？”做讨厌鬼好像也有快感。

“你是文学院！我是物理学院！怎么碰得到！”他跳起来吼。

“狡辩！我天天碰见你那个同班同学！”我也跳。

安德烈突然意识到地球引力不可抗拒，乖乖盘腿坐下。

“姐姐，我和你说，我这个好同学每次勾搭的都是大姐姐，你可不要上钩。”

弟弟抬起头来眨眨眼睛，我感到心跳倏地漏了一拍。

从此我尽量避免碰上那位好同学，恶狠狠地，能转台就转台。

要是和弟弟一样大的小屁孩扯上什么关系，我才是疯了。

不知道鱼儿见到鱼钩，会不会也是这样。

听到一池春水里自己猛烈的心跳，然后奋力游开。

但是有一个地方实在避免不了相遇，就是家里。

那位好同学，来我家来得越发勤了。

这个阴险的家伙，装乖装得厉害，说话也好听。连妈妈也被他笼络了去，还做点心给他吃。

我什么办法也没有，毕竟伸手不打笑脸人。

久而久之，他像是我家第二个儿子。

一个儿子弹吉他，一个儿子打鼓，玩得高兴了就躲在房间里喝酒。

妈妈最近不知怎么，心情格外舒畅，发现了也只是睁一只眼闭一只眼，只是苦了我做免费保姆。

暑假启用的那第三条浴巾好端端地挂在架子上，像它的主人一样，做了我家的常客。

我在浴室脱得一丝不挂，看见它，竟有些不好意思。

弟弟快要二十岁了，他也是。

④

我伸手擦去镜子上的雾气，想起自己二十岁的时候正对一个老男人意乱情迷。

人们拥有什么的时候，就将什么看得很轻。

后来，新陈代谢慢了下来，时间却越过越快。

我看见镜子里的自己拿起那条不属于我的浴巾，轻轻拂过身体。

上面有洗发水的味道，和弟弟常用的那支一样。

但是，还有一点别的东西。

我将它捧在面前，小心地嗅着。

像一个犯了瘾的人，拼命想吸进去点什么。

不知道具体是什么，但是大概不是什么好东西。

夜已深了，窗外有虫鸣。

而我，变成了一个有秘密的人。

⑤

后来，我还是很喜欢在草地上睡觉。

偶尔，也能遇到那位好同学。

那个好同学看看我，又一本正经地看回他的书去。

我毫不客气，把书翻过来看封面。上面写着——《世界的用途》。

“好大的口气，”我说，“这本书讲什么？”

“讲一个人的旅途。”他顿一顿又说，“我看到你在这儿就坐过来了，你不介意吧。”

一个睡着的人，就算介意也没什么办法。

我没有再说什么，只是又闭上眼睛。

那个午后就这样度过了，我们再也没有多说一句话。

后来，在一个极其偶然的场合，我碰到我以前的老师。“心烦意乱时看什么书可以平静？”我问他。

他和我说了个名字——“什么？”“l' usage du monde”，他重复了一遍。哦，是了，《世界的用途》。我意识到自己再次遭遇了这个奇怪的名字，也意识到自己再次遭遇了那个已经逝去的午后。

世界的用途到底是什么？我不该轻信一个男孩子的一面之词的。如果我当时能夺过书，亲眼看看这本书里的内容的话，也许会有什么地方变得不一样。我不是说我会变得和现在不同，不，我从来不懂后悔。我只是在想那些可能性，在一切看似都已尘埃落定之后，想象那些关于这个世界的，关于我的，关于他的，关于我们一家的，永未被实现的可能性。

我只是想起来，那天我穿上睡袍，一视同仁地抱起三条浴巾准备拿去洗。地板非常凉，客厅则一片漆黑。我哆哆嗦嗦地摸来摸去，恰恰有一丝光亮救了我。

母亲的房门开了一丝缝，弟弟的朋友从里面钻出来，滑入黑暗。

男朋友变成伞了

①

男朋友变成一把伞了，一看那个伞柄就是他。我冷笑一声，把他晾在阳台上。

据说变心变得太厉害，就会连身子也一起变。有的人变成一扇门（集齐六个可召唤六扇门）。有的人变成一碗酸辣粉，吃也不是，不吃也不是。还有的人变成一阵风，离开的时候什么痕迹也不留。

没想到我的男朋友这么快就变了。更没想到，他居然变成了一把伞。真丢脸，得湿（失）多少次身才会变成一把伞啊！我越想越气，两步迈到阳台上，拎起他戳戳天，戳戳地，戳戳花坛，戳戳花坛里的泥。

“你是不是喜欢这样？这样是不是很开心？”我问他。

他和平常一样不说话。

噢，我忘了，他变成一把伞。因为变心变得太厉害，变成了一把伞。

瘦得抱也抱不住他。

从那以后，连续好几个月没有下雨。似乎老天也在和我说，你看，男朋友不过是个摆设。电视新闻滚动播出龟裂的大地和枯竭的河床，并鼓励更多变心的人主动变成雨落下来。

我的心却变柔软。我握住我的男朋友，怕他舍身就义。一把伞，可遮风挡雨，可防身，可做手杖支撑我前进，比男朋友本人还好呢。不管天晴成什么样，我都把他挂在胳膊上。我的男朋友变成了一把伞，他再也不会逃跑。

同事们习惯了我每次都带一把男式黑伞去上班。他们笑笑说，男朋友的哦？我点点头，嗯，男朋友。

朋友们习惯了我每次都带一把男式黑伞去赴约。他们笑笑说，这么 man 哦。我点点头。他成天挂在我的胳膊上晃呀晃，像一条巨大的器官。

我觉得我又再次恋爱了，和我早已变心的男朋友。而且这一次，比以前更浪漫。我想见到他的时候，他总是在我身边。我们还看文艺片，学电影桥段抱在一起跳《雨中曲》。

“就这样吧，不要变回来了。”我摩挲着他的伞柄喃喃低语。他的身体滑滑凉凉的，正好埋在我的胸部。

这正是我需要的，一个没有心的男朋友，一个永远不会变心的男朋友。

后来每每有人失恋，我就讲我和我男朋友的故事。很奇怪，他们往往都会停止号啕大哭，说其实我才是更需要安慰的那一个。

这种时候，我从来不为自己辩解，只是和我的男朋友一起望向窗外。

看，又下雨了。

②

什么？你问我有没有想过换一个男朋友？没办法，他太需要我了。不不不，我没有任何炫耀的意思。我的男朋友变成一把伞了，独自生活起来有些困难。

我去哪儿都带着他，有时候像老夫老妻搀扶彼此，有时候像得了分离焦虑症的母子。万不得已要留他一个人，不是，一把伞的时候，我都会仔细叮嘱，不要吃陌生人给的糖果，尤其是不要跟着漂亮的阿姨走哦。

但是我的男朋友还是被我弄丢了。

那天我去买卫生巾，把男朋友搁在便利店门口的水桶里，一转身就发现他不见了。我以前看到新闻里都是这样写的，一转身就发现孩子不见了，一转身就发现孩子掉下楼了，还以为是当事人夸大其词。没想到有些转身真是这样的。

我想我不买卫生巾就好了，但是大姨妈又是命中注定。

我一脸苍白地问店员，有没有看见一把大黑伞。店员忙着剥粽子，只是匆匆回答我：小姐，可能是别的客人拿错了。我说，那可是我男朋友哎，怎么可以随便拿错。店员抬头看我一眼说，这种事常常发生的。

我走在雨里，想到我始终没有机会去问他手机里的那些女孩子：那可是我男朋友哎，怎么可以随便暧昧的。

回到家，我拿出纸笔，想画出男朋友的样子。可能是他变成伞太久了，我有点不记得他的眼睛鼻子。我画了半天，怎么画都是个卡通人物，然后我才想起来，画他的样子是为了写寻人启事。他现在变成伞了，谁还能找得到他呢。

于是我画了一张寻伞启事，非常全面地展示了我男朋友的正面图、侧面图和俯视图，还细心地标明了尺寸。我复印了几十份，张贴在他家附近的电线杆上、他常去的酒吧边上，还有他公司的通告栏里。我是这样想的：如果他不是被人错拿，而是离家出走了。那么他最可能会去他熟悉的地方吧。毕竟他现在，不过是一把伞而已啊。

当然，我还是在那家便利店附近贴了最多的启事。我宁愿他是被人夺走，而不是主动离开我。即使他现在，不过是一把伞而已。

店员还是那个店员，我从他剥粽子的手法认出了他。他却好像把一切都忘了，只是阻止我把启事贴到货架上。他说，小姐，你这样会影响我们店店容的哎，如果你实在需要一把伞，为什么不买一把新的呢？

我摇摇头。我需要的不是伞，是男朋友还在身边的日子。

这时候店员突然“啊”了一声，兀自走到那个写着“闲人免入”的小房间去。他回来的时候，手上拿了好几把伞。有一把小碎花伞，伞骨已经生锈，有一把灰白格子伞，伞布已经破损。店员挑挑拣拣，把它们放在一旁，最后找到一把红色的晴雨伞。她看起来很新，还是自动的，一按下按钮就忙不迭地把自己打开。

他说，这些都是别的客人留下的伞，你挑一把带走吧。

我有点恍惚，“留下？”

他耸耸肩说，有些是真的忘了，有些就是趁机丢了不要了。你看这把红伞，还很新，很不错啊。但结果还不是一样嘛。

我低头。这些伞，会不会也是被遗忘、被抛弃的爱人呢。突然，那把红伞被扔在我面前。

“我说过了，这种事，常常发生的。”

③

我的男朋友变心变成了一把伞，然后这把伞也丢了。你说，他是不是甩了我两次？

朋友叹一口气：其实第二次可以算是你甩他，这样想是不是就扯平了？扯平了是不是就可以放下了？放下了是不是就可以开始新生活了？

她越说越激动，越激动手就抬得越高。

自从我的伞丢了，我的朋友们越来越频繁地出现了。这个叫我去联谊，那个约我去趴体。我知道他们都想让我放下。

你看看，我也想放下啊，但是不知道用什么姿势。我小时候练过钢琴，我知道钢琴盖要是放得不好，会把手夹得很痛的。每个人都跟我说放下吧，放下吧，反正痛的又不是他们的手指。

在那些聚会上面，我也努力和别的男生聊天。但是聊着聊着，我就忍不住和他们讲其实我有男朋友的，只不过变成伞了。喔，你问伞在哪里？不小心在便利店弄丢了。但是我真的真的是有男朋友的！渐渐地，也就真的没有男生来和我搭讪了。

没想到有一天，朋友和我说，有个男生听说我男朋友变成伞了，竟然很感兴趣，还坚持要见我一面。我很诧异，我居然因为这件事出名了吗？也许是想见见怪人，也许是同病相怜，谁知道呢。

到了那天，我特地收拾了一下，让自己看起来正常一点：我是失恋，不是疯了。结果来见我的那个人，状态看起来比我糟糕多了。他个子不高，面容清秀，但是衣服穿得乱七八糟，胡子很久没剃，脸上一副黑框眼镜硬生生把黑眼圈压住，也像是为了出门见人才抓来戴的。

男生伸出一只手来：叫我阿冠就好。

我也伸出一只手来：叫我有致。

霎时间，我分明感觉到我们两个的周围弥漫起一种病友般的气氛。

两个月前，阿冠的女朋友消失了。衣服、鞋子、包包，甚至保养品和化妆品都在，就是这个人凭空消失了。阿冠辞掉工作，到处找她，却一点消息也没有。

“我不是没有想过，我找不到她是因为她变了，变心变得身子也变了。”阿冠的眼神空空荡荡，“可是就连她变成了什么，我都不知道。”

我清晰地看见他露出一丝苦涩的微笑，过了一瞬，那个笑容又变得像一张快要哭出来的脸。

“我问了家里的窗帘、台灯、毛毯、棉被、抱枕、毛绒玩偶。它们像她一样，又柔软又暖和。所以我每天都问它们，是不是她变的，还像个变态一样抱着它们睡觉。开始的时候，我甚至能闻到一股淡淡的香气，像是她回来了，但是过了一阵子，气味也消失了。好像一切都是幻觉。

她不见了以后，我就没有碰过家里的任何食物了。万一她变成了什么吃的，被我不小心吃掉了怎么办呢？我怕她坏了，就把她放冰箱，但是放到冰箱以后又怕她冻着。我一会儿把食物放进去，一会儿又拿出来。我知道这样冷热交替下去很可能感冒的。但她要是打了个喷嚏，我也就能认出她来了是不是？我既希望她不要变成食物，又希望她可以变成食物。我记得她很喜欢奶黄包的。她要是真的变成奶黄包，我也安心一些。因为奶黄包的心里还是甜甜的。不管她变成什么，我还是希望她开心快乐。但是我打开冰箱清点了一遍才发现，里面根本没有奶黄包，全是我爱吃的。我真的是一个很自私的男朋友，她变心是个正确的选择。

但是我真的，我真的很想再见到她，不管她变成了什么。所以我一听说你的男朋友变成伞了，就立刻来找你了。

你能不能告诉我，怎么才能认出我的女朋友？”

我望着阿冠泛红的眼睛，一时语塞。

④

我是怎么认出我男朋友的呢？大概就是一种感觉吧。这种感觉在我们刚刚相遇的时候就有了。我远远看到这个男生，就觉得我们之间一定会发生点什么。难道这是只属于女人的直觉，男人没有吗？

我到便利店买便当吃，发现之前贴的告示都被清理掉了。这家便利店真是伤心地，在这儿把伞弄丢了不说，店员还很凶。要不是附近只有这一家便利店，我真是再也不想来了。

不过在见了阿冠之后，我的心情复杂起来，又沉重又轻松。沉重，当然是因为听了阿冠的故事。那一丝轻松，或者说庆幸的感觉，却是来自我的男朋友。和阿冠比起来，至少我的男朋友是一点一点慢慢离开我的，先是心离开，再是身体离开，给了我一些时间缓冲。

我捧着便当、饮料去柜台结账，发现门口的架子上挂着好几把旧伞。一把小碎花的，一把灰白格子的，尤其眼熟。边上还贴着“免费领取，感恩惠顾”的字条。

店员撇撇嘴说，你不要的，别人自然会要。你丢了的，别人说不定保管得更好咧。真是阴阳怪气，话里有话。这是在说我的男朋友离开我以后，会有更好的归宿吗？

我瞪了瞪眼睛：再要两个粽子。要剥好的。

回到家以后，我像往常一样窝在沙发边吃便当边看新闻，心中却不断浮现阿冠的面容。不知道是他看起来实在太伤心了，还是一份便当加两个粽子实在太撑，我觉得整个腹腔和胸腔都闷闷的，心脏也像被堵住了一样。

我环顾四周，发现家里昏暗阴沉，所有的东西看起来都模模糊糊。自从男朋友变成伞以后，我成天带着他在外面乱晃，回到家的活动不过是吃便当、看电视、睡。因为再也没有人等我，没有人和我一起洗菜、做饭，没有人把衣服裤子扔得到处都是，也没有人突然从背后抱住我了。

我站起来。打开客厅的顶灯。打开沙发边的阅读灯。打开书架上的壁灯。打开卧室的顶灯。打开床边的夜灯。先拧开我睡的这边的灯，再拧开他睡的那边的灯。我在我小小的房子里幽灵般走着。打开厕所的灯。打开镜子前的灯。打开浴霸。打开餐厅的灯。餐厅的灯好多哦。把餐厅的灯一个一个都打开。打开厨房的灯。打开抽油烟机。把抽油烟机关上。打开抽油烟机的灯。

现在家里所有的灯都被打开了，一切都被看得清清楚楚。我知道我为什么一眼就认出了我的男朋友，这真的是一件好简单好简单的事。

我的男朋友离开的时候，把一切都带走了。

他只给我，留下了一把伞。

⑤

我决定，我还是要帮阿冠。他一个人待在家里，一定生活得乱七八糟。更重要的是，我答应帮他认出他的女朋友变成了什么。

在敲开阿冠的门之前，我对里面的场景大概有一个想象——失恋的单身男子住的房子，而且起码两个多月没丢过垃圾了。我本来想戴一个防尘口罩去的，考虑了一下，还是戴了一条丝巾。我戴上丝巾，看起来就和我妈年轻的时候差不多。我对着镜子满意地点点头，这正是需要散发母爱的时候。

阿冠打开门，二话不说就握着我的手鞠了一躬。我发现他等待的可能不是慈母，而是神婆。是了，心碎又无从寄托的人，和孤魂野鬼有什么区别？

“要换鞋吗？”我问他。阿冠做了一个请便的姿势，拿给我一双毛茸茸的地板袜。

“这是新的。”和第一次见面相比，阿冠说话轻柔了很多，他的脚上也穿着一双地板袜，“所以应该不是她。”我呆愣了差不多三秒钟，才领悟他在说什么。

和我想象的画面不同，阿冠的家里非常干净，可以说是一尘不染。我想想自己的窝，不禁感到脸红。单身男性一定邋遢这种说法，不过是一种刻板印象罢了。当然，也可能是因为我和我的伞给他带去了某种希望——也许，女朋友不是离开了，只是变得太厉害了，一时认不出来。地板可能是她，沙发也可能是她。于是，她不是不在了，而是无处不在。

阿冠低着头，无声地走在我前面。我们小心翼翼地穿过玄关走廊。如果他的女朋友真的变成一条走廊，我们这样走着，远远没有到一场按摩的程度，简直就是在摸她。

我几乎想和阿冠说，你的女朋友变成这间房子了，你就在这里和她好好生活吧。但是我又不可避免地想到一些庸俗的问题。比如万一这房子是租的……

阿冠带我到客厅，请我在一张小小的单人沙发坐下（不必问，这张沙发也一定是新买的）。房间里的布置温馨柔和，我却如坐针毡。因为阿冠把它弄得像一个案发现场——喝过的杯子、茶几上的水果、拆开的半包薯片都被装进保鲜袋里抽成真空，别的东西大概也保持着那个人消失时候的样子。我怀疑自己走错片场，几乎脱口就要问：你最后一次见到当事人是什么时候？在某月某日某时刻，你在做什么？

毕竟是才见了两面的陌生人，彼此都有点尴尬。我和阿冠抱着自己的膝盖坐着，一时无言。这时候我才注意到他把胡子剃干净了，头发也剪短一些，整个人看起来就像个小男孩。我没话找话，说你这样看起来年轻许多。阿冠不好意思地笑笑。然后空气又重新安静下来。

突然，他看着地板说，“有时候我会想，会不会其实不止是她变了，我也变了，变得她也找不到我。如果一切回到过去，回到我们刚刚认识的样子，我们是不是就能重新认出彼此？”

“然后呢？”我注视着眼前这个深情的男子，语气却冷峻起来，“然后，你们下定决心，拉钩上吊一百年不变，永远重复度过初次见面的那一天吗？”

“我……我不知道……”阿冠没想到突然被训话，结巴起来。其实我也被自己吓了一跳。

"改变是不可避免的。"我一字一顿地说，像是要把这句话也刻进自己的心里，"两个人相处，就像在舞池里跳华尔兹一样。你要看到她在变。你要试着跟上她的步伐。难道她是一夜之间……"

阿冠像个做错事的高中生，偷偷抬头看他突然失语的训导主任，却看到训导主任默默流下眼泪。

难道他是一夜之间，就变成一把伞的吗？

⑥

我依稀记得，我是去拯救"生活得乱七八糟"的阿冠的，结果反倒是我整个人哭得乱七八糟。阿冠想拍我的肩又不太敢，只好抽了几张纸巾递给我。

"喂，这纸巾也可能是我女朋友耶。我都拿我女朋友给你擦眼泪了，不要哭了好不好。

我笑出来，嘴上还是说："你就这样对你女朋友，难怪她要跑哦。"

阿冠立刻做了个夸张的表情，"哦哦，你这么爱哭，怪不得你男朋友变成伞哦！"

这时候我们都笑了，又立即发现此处的快乐是那么不合适。怎么会这样呢，两个失恋的男女互相安慰，反倒感觉自己像一对奸夫淫妇。

我的男朋友，当然不是一夜之间就变成一把伞的。在那之前，我就已经感受到一些冰凉的、金属般的瞬间。我偶尔瞥见他悄悄把自己打开，又在发现我注视他的那刻缓缓将一切关上。我听到我的声音像雨滴一样从他身上完美滑落，没有被吸收半分。我走过去，像以前一样握住他的手，等他像以前一样，温暖地回握我。但是什么也没有。

那么我握住的到底是什么？

他早已变成一把伞了。当他还在我身边，用他的眼睛看我，用他的耳朵听我，用他的双腿陪伴我的时候，他就已经是一把伞了。他的身体坐在沙发上，握着我的手，他的魂停留在玄关处。

人们开玩笑一样说不要在室内把伞打开，可能有不干净的东西藏在里面跟到家里来。我小心翼翼，不敢质问他心里到底藏着什么鬼。万一是很厉害的鬼，我打不过怎么办？万一是很漂亮的鬼、很温柔的鬼，我比不上怎么办？

男朋友越来越像一把伞了，比起厨房温暖的烟火气，他更喜欢一个人在阳台吹冷风。我想靠近他，却不想变成暴雨，也不想变成烈日。我不能让互相对抗成为我们最后的关系，也不愿给他借口：你看看，是你变了，你变得这样暴烈，都把我逼成一把伞了。我想继续和他在一起，却不知道我能变成什么。一把伞，根本不需要另一把伞的陪伴。于是我只能站在原地，祈祷他某天自己变回来。

我看着阿冠，心中十分抱歉。说什么“你要看到她在变，你要跟上她的步伐”可能是最不负责任的废话了。日升日落，我们难道有办法阻止半分吗？这世界上大多数的变化，都让人无能为力，无计可施。我们只能安慰自己，把花落和花开列在一起说它们不过是自然规律，把失去和得到放在一块儿说它们都是爱情中必不可少的部分。

我平静下来。阿冠看到我平静了，也松了口气。哭完这一场，我们仿佛不是只见过两次面的陌生人，而是见过八次面的陌生人了，大概属于一起参加过心理健康互助会并在课后搭同一班地铁回家的那种程度。

我把丝巾摘了，拿在手里缠来绕去，尽力挽回一点"神婆"的面子，"不说我了，主要还是来帮你解决问题的。既然她已经变了，就不能从形态上去判断，只能从气质入手。你现在闭上眼睛想女朋友，脑海中第一个出现的是什么画面？"

阿冠闭上眼睛，突然露出痴笑，面色也变得潮红，"可能……可能不是很方便描述。"

男人啊。啧！我忍不住拿手上的丝巾丢他。丝巾在空中飘了一瞬，就落在他微微仰起的脸上。阿冠不去摘它，就这样蒙着头顺势往后倒在沙发上。我只能从丝巾轻轻抖动的一角判断，被罩住的那人悄悄叹了一口气。

男人啊。可能男人偶尔也很想哭吧。

"谁？阿冠的女朋友？"朋友坐在对面，用力咀嚼刚烤好的章鱼脚。一根粗粗的银色管子从天而降，瞬间把烟雾吸走，也正好垂在我们中间。我一会儿把头往管子左边伸，一会儿又向右探，就为了和她说上话。

那天我在阿冠那儿待了很久，最后还是以失败告终。按照他的描述，他的女朋友乖巧可爱又温柔，实在是——很正常的一个女孩。我把目力所及的软绵绵、香喷喷的东西都拿来给他抱在怀里，却始终不能让他信服那就是他女朋友变的。按照他的解释，如果这么容易把一件东西当成女朋友，那谁还那么不怕麻烦地去找真人呢？

我没有办法，只好来找旁证。朋友听到我的提问，五官都活跃起来，在她圆圆的脸盘上跳广场舞。当然也可能是章鱼脚太烫了。

“他女朋友啊，就带出来过一次。”她喝一口啤酒，终于把舌头捋直了，“没什么印象啊。看着很一般，留不下什么印象那种。比起来还是阿冠长得好。不过直男嘛，就喜欢这种邻家妹妹。”

“怎么着，这么关心别人的感情生活。你俩有事？”她一筷子戳住多春鱼，戳到里面的鱼籽都快出来了，可能是想戳一戳我的心事。

“我俩有病，行不行。是这样的，他女朋友不见了，他怀疑她变成了某样东西……”客观来讲，我们都是逃避现实的人。也就是说，我们有病而且不治。

“哎哟，癖好相同当然行啊哈哈哈！”她大声打断我。

我摇摇头。对面这位朋友，是有病而不自知。

“啊对了，上次聚会那张合影我手机里可能还有呢。我给你翻翻！”她拿没有沾到油的小指头快速划过屏幕，看来上一次见面确实是很久远的事了。

“不过……你现在还在找那把伞吗？”说这话的时候，她没有抬头看我，语气也很轻松，但是手指划动的速度明显地慢下来。我知道她真正在意的是这个答案。她真正担心的人是我。

自从失恋以后，我像是天天都生活在大姨妈来之前的那一周里，精神不振，情绪不稳，而且感觉身体里随时都会飙出血来。唯独泪腺，比往常更健康、发达、完整。

比如现在，看着朋友僵在半空的那根肥嘟嘟的小手指，我又很想哭了。

“不找了。”终于，我说，“找什么伞啊。吃肉。”

“那我再要一份烤五花行吗？”她抬起头来，粲然一笑。就像是没有听到我的鼻音，也没有看到我眼眶里氤氲的水汽。

我拿过她的手机，匆匆瞥了一眼。阿冠可能是第一个真的相信我男朋友变成伞的人。但是毕竟他有他的人生，我再怎么想帮忙也只能点到为止。合影上阿冠和她的女朋友坐在离镜头比较远的位置，互相挨在一起，又没有到搂着抱着的程度。两个人都穿着浅色衣服淡淡笑着，看起来舒服又清爽。尤其是那女孩，确实给人一种邻家妹妹的感觉。谁知道她会突然一走了之，不知所终呢？

不过，我此时倒是想起便利店店员的话——这种事常常发生的。当你坠入爱河，就不得不面临无数种排列组合。你爱他，他爱你，他不爱你，你一直爱他，他突然爱你了，你突然不爱他了。两情相悦、百年好合，不过是其中一种情况罢了。

恋爱了，失恋了，单身了，又恋爱了，或者干脆就一直单身下去。爱情不过是这样嘛！人生还有很多值得珍惜的东西，比如烤肉和友情。

就这样想着，我放下手机，也把阿冠的事抛在了脑后。

⑧

我开始回归到正常的人生。回归得大摇大摆、明目张胆，就连便利店店员也发现了。他说，你很少来买饭了哦！难道自己做吗？我说是啊，便当里那些防腐剂足够我永葆青春了。他难得好心情地笑笑，像是想解释点什么，最后又没有解释。

偶尔我会不自觉地把目光定在门口的伞桶里，但也只是恍惚的一瞬。

不那么频繁去便利店的日子里，我转战去了超市。琳琅满目的精细食物把人从原始欲望里拉回到现代社会。澳洲牛肉、湄公河的鱼、蔬菜水果也必须新鲜好看。我买来美丽娇贵的盘子，细心摆弄，淋上薄薄的芡汁，蒙上厚厚的滤镜。好不好吃倒是其次，看起来好吃才是重要的——每张照片都是我认真生活的证明，以及正式回归单身的求偶信号。

身边的人看到我这样都很开心。他们开心，我也就满意了，甚至还去参加他们安排的相亲活动。

我拎着一只小小链条包，让它在空中晃过来，晃过去。时尚买手夸它小巧又实用，“不仅能装下手机和钥匙，甚至还能装下两支口红和一包纸巾呢。”怎么的，不然还期待它能当流星锤使吗？

我突然惊觉，我很久没有像现在这样精心打扮自己，很久没有摇曳地走在路上，也真的很久没有不带着一把伞出门了。

那把伞陪伴了我那么久，几乎变成我的第三条腿。它不在身边，我再怎么亮丽光鲜，也是个残障人士。但是只有抛弃它，我才能回到“正轨”。就像哈利·波特抛弃了他的魔法棒，才能回到平凡世界——眼镜又破了，表哥又胖了，报纸上的新闻照片从4D变回2D，猫头鹰一气之下把信吃掉飞走了，连一根羽毛也没有留下。

相亲对象问起我的情史，像办一件公事。我几乎看见对方拿出表格来，准备好记录的姿势。我回过神来。哦，交往三年，谈及婚嫁，分手了。你问原因是什么？性格不合吧。

是不是所有真相说出来都这样无趣，这样惨淡？

只有我自己才知道，我的手艺烂透了，冰箱里的蔬菜也开始腐败。我拍完照放下手机，就重新起锅煮一大碗面，把我清汤寡水的精致生活都倒进去，拿酱油和辣椒油拌着吃，吃得非常大口、非常难看。

终于有一天，我不得不又回到那间小小的便利店。能怪谁呢，自己做的饭，竟然还没有便当好吃。我只希望这次不要再遇到那个店员了，以免他取笑——

“哎，又是你啊！又来买便当啊！”说曹操曹操到。

“这家店怎么只有你一个店员？”没想到原本埋在脑中的话也被我不小心说了出来。

“我是店长啊，这家店就是我的。”店员，不，店长听上去还挺自豪。

“不是，你们这种便利店不都是连锁的加盟店？”

“谁告诉你我们是便利店了。我们是日用杂货店。”店长的声音沉了沉。

我看着便当盒上熟悉的配色陷入沉思。

店长的手指伸过来，得意地敲了敲它，“这个便当好吃吧！没有防腐剂！每天早上我妈烧的。”

我定睛一看，只见盒子上静悄悄地写着“Seven-Elephant”。

我抬起脸，只断断续续说出几个“这……”“那……”然后就傻笑起来。这个见证了我恋爱、失恋、丢伞、找伞的地方，居然是个山寨店。我还在这里找什么失去的爱人，找什么人生的真谛啊？这个地方就是假的啊！

店长看我在笑，也冲我一笑，“我爸进货，我妈烧饭，我们这是家族企业。”于是我笑得更大声了。

像是得到鼓励一般，他又和我分享了几个山寨的小秘密：“你有没有发现，便利店的店员说‘欢迎光临’的时候，都有一种特别的腔调？我专门去学了来。这样你只要听到这个声音，就会下意识地感觉到自己正在进入一家真正的便利店。”

“欢迎光——临！”他越说越兴奋，连喊了好几遍“欢迎光临”，尾调越升越高。“人的注意力其实是很模糊的，差不多就好了！看到熟悉的配色，听到熟悉的声音，就能找回熟悉的感觉。感觉嘛！这东西有感觉就好了！这样一切都可以……”

店长像是突然被按下了什么按钮，絮絮叨叨说个不停。

我却渐渐只能听见自己的喘息声。笑得太急，太不知所谓，我突然觉得很累。我何尝不是在努力回到以前那种令人“熟悉”的生活？这样不过能骗骗别人，难道还能骗得过自己吗？

就在这个时候，手机突然响起来。我伸出一根手指来，在空中作一个休止符。

“你在哪？”是朋友。

“在一个家族企业内部。”而且尚有心情开玩笑。

“我跟你说件事。我也是刚刚才听说的，有点吓人，你别害怕啊。”她说得慌慌张张。我也就没告诉她，光是来电铃声就把我吓个半死。现在谁还直接打电话啊。

“是关于阿冠的。”这个名字倒是有一阵子没听见了。

“不好意思啊，真的有点瘆人。你不是还问过我阿冠的女朋友吗？我跟你说啊，她……她没了。几个月前的事故。”

什么？

“那……那阿冠知道吗？”

“他怎么可能不知道，他第一时间赶去的医院，亲眼看着推进去的。”

“推进去哪里？”我十分恍惚。

“哎呀。”不知道是不是我的错觉，对面的声音尖利起来。

“太——平——间呀！”

⑨

太平间。这个词被发明出来，不知道是用来安慰活人，还是安慰死人的。好像从此就不必辛苦，不必折腾了。可谁知道做鬼累不累呢？可能是因为这是我第一次听到有人大声把这三个字说出来，心中不可避免猛地一惊。这个词明明既安慰不了死人，也安慰不了活人。人们只能从别的地方寻找安慰。

我回忆起与阿冠的短暂会面，忍不住将画面变成黑白，再加上悲伤的背景音乐。

我开始有点理解阿冠家里为什么像个案发现场了，他也许只是想用这种方式留存女朋友的遗物。我也开始懂了为什么没有哪样东西能让阿冠真正信服——他不是不能，而是不愿——那些东西不管有多温暖多可爱，都像那位逝去的故人一样，再也无法给他任何回应。

朋友小心翼翼地劝我，让我知道了真相就不要过多参与到阿冠的事中去，毕竟“他现在精神状态不是很稳定，我们不是专业的心理医生，也帮不了他什么”。我倒反问她起来，那时候我随身带着大黑伞出门，你们是不是也觉得我精神状态不稳定？

“但是你现在不是好了嘛！想通了就好了嘛！男人变心了就不要了嘛！”朋友急起来，感觉自己的好心白白喂给了我这个驴肝肺。

我勉强挂断电话，心中无限委屈：爱情明明是两个人的事，为何人人都只看见他变了，就没有人来问问我变了没有？要是我还没变呢？万一我不想变呢？

我还不想结束这一场恋爱啊！为何没有人问我意见？

如果爱河真的是一条河，那么我们都是两栖动物。有的人在岸上观望，有的人在水中潜伏，有的人就喜欢在河边散步并弄湿鞋子。然而，眼见着爱人潇洒上岸，在阳光下抖擞精神，重新回到自由的原野，我却不敢，不能，不承认。因为是曾经共浴的这一条爱情河流，唯一的这一条河，永远无法第二次踏入。

水变得寒冷、浑浊，又有什么关系呢？我还在水里就够了。我为他长出的腮还能呼吸呢。

爱变得惨淡又孤独，又有什么关系呢？我还在爱里就够了。我对这个人的爱，包括被他毁灭。

我想了一下，如果我是日剧女主角，一定立马拔腿就跑穿过整个城市跑到阿冠家门口双膝跪倒在地一边捶墙一边大声喊“坚持下去啊，阿冠”，但是我又想了一下，发现我其实不是日剧女主角。我不过是一个被甩了半年还一直走不出来的女人，我的人生轨迹不过是家、公司、便利店。

“你看我们现在都这么熟了，就跟我说实话呗。”我回过神，店长正撅着屁股托腮发问，脸上莫名有一抹少女般的红润。“你之前执意要找回那把旧伞，是不是为了和他偶遇？好让他见你一眼就知道，你一直没有忘记他？”

⑩

下雨了，到处都是撑伞的人。有人被暂时拉进怀中，有人被永远推到半米之外。

雨下得真大，潮湿的气息从脚底蔓延上来。还有许多人像我一样，站在屋檐下等待。

小时候喜欢在作文里写：一把把雨伞徐徐张开，像绽放的花朵一般。因为那时候我还没有像爱一个人一样爱过一把伞，不知道要得到一把伞的爱是那么难，就连承认爱一把伞都很难。

一滴雨落在额头上，我眨一下眼睛，想起自己对朋友说："不，不找它了。"

又有一滴雨落在肩膀，在浅蓝色的衣服上留下深蓝色的印迹。我想起自己对店长说："不，才不是呢。我不是旧情难忘，我只是还没有找到别的伞。"

我明明已经躲起来了，为什么还是会被弄湿？抬头一看，原来有水滴顺着雨棚波浪形的边沿落下来。它们落得慢一些，也重一些。我怀疑它们其中的每一滴，都是由好几滴雨汇成的。

一滴是看见他的第一眼，一滴是与他共度的第一天，一滴是他消失后的第一夜。就是它们弄得我每天眼眶湿湿，没办法再回到干爽清净的世界。

雨越下越大了，落在地上弹起来。身边的人纷纷往后退去，我却试着往前迈。

在爱情结束以后继续爱，不过就是只身走在雨中，假装有伞。

"有致！"

"是你吗？有致！"

恍惚间，我听见有一个熟悉的声音在叫我。我转过身，看见一个身影跌跌撞撞地向我跑来。

“真的是你啊。有致！”

他来到我面前，同样没有撑伞。

“我想和你说，我找到答案了。”

我微笑着看他，他微笑着看我。屋檐下的人看疯子一样看着我们两人。

答案是什么并不重要，我也仍未找到我爱的伞。不过，我找到了一个可以陪我淋雨的人。

“恭喜你啊。阿冠。”

当然，这个男孩并不是你

电梯来了，阿妙站在里面。

电梯间就像一个礼品盒，准时准点把你不想吃的月饼送到你面前。你看月饼五仁，月饼看你无义。阿妙的脸上瞬间闪过一丝惊异，明显是也认出了你。

多年前的夏天，阿妙骑自行车穿过一整个城市，男孩俯下身，用手撑在膝盖吻她。烈日下少年少女干涸的嘴唇，每一道裂纹都契合。

这个男孩是你。

别看现在这样，你当年的身高怎么也有一米八八。

“陪我去一个地方？”

“好。”

什么都说好的年纪，还以为天涯海角只要不断换乘公交车就能到。男孩穿一件格子衬衣，是阿妙选的。赶上促销活动，一大一小买了两件正好做情侣衫。朋友说阿妙穿起来反倒英气更甚。男孩长阿妙三岁，生了一颗老实的头、一颗儿童的心。阿妙常常担心他。

这个男孩也是你。

尽管如今你再也不穿格子衬衫。

那天是个特别日子，你第一次同阿妙说起你舅舅的事。你同她去了庙里，花六块钱买了几个素包子当午餐，剩下的全都请了香。

“舅舅能收到吗？”阿妙彼时也是天真少女。

“但愿他收不到吧。”你长到二十岁了，还是希望舅舅能从海浪里回来。毕竟在你的所有记忆和想象中，他都是一个有力的年轻人。

阿妙仰起脸，挽住男孩的胳膊。那条手臂毛茸茸的，像个玩具。女孩用掌心摩挲，想传一些温度过去。

你想闭上眼睛立刻倒在这怀里睡去。

一九九九年八月十七日，舅舅二十八岁，那天是他最后一次出海的日子。从此妈妈陷入黑暗，过了些年逐渐变成深灰色。只剩下你时不时去打扫舅舅的屋子，常常抹完地板留下来午睡、听歌、看八十年代的旧杂志、和阿妙做爱。毕竟，这是一间空屋子，除了舅舅以外，没有人会来。

阿妙看到摆在书架上的照片就大笑起来，说男孩和小时候长得一模一样，只是像擀面条一样被拉长了。男孩装作生气的样子去挠女孩的痒。最后两个人气喘吁吁躺在地板上。消毒水的味道不知怎么就令人心安了。阿妙学你脱到全身只一条小小棉内裤，然后意气风发地盯着你，小小的乳房在阳光下像两个面团。

“哎，我们像不像海尔兄弟？”你还记得你是这么说的。

阿妙一掌打在你身上，像拍一床棉被。

只有两个时刻令你感到生命是多么明确的一件事。第一是射精的时候，第二就是阿妙打你的时候。如今这两个时刻接连发生在舅舅的屋子里，就变成一件微妙的事。因为这是一间不明确的屋子，你永远不知道那扇门会不会被打开，你的舅舅会不会回来。

后来你听说了薛定鄂的猫，忍不住哭了。说不定那猫也是谁的舅舅呢。

阿妙说，给我讲讲舅舅的事吧，没想到他长得这么好看。

舅舅确实好看，剑眉星眸，穿得邋遢也被视为一种个人风格。他平常不干什么正经事，除了出海就是窝在家里雕木头，也研究石头，不算是一个特别喜欢人类的人。但是人类喜欢他，特别是姑娘，而且把他这种疏离感也视为一种个人风格。

“我就见过好几个准舅妈。”你说。

“哈，浪子。”阿妙批注。

“不信任人罢了。你看现在这间屋子还维持原样，没有姑娘还等他。不是人无情无义，是不得已被时间推着跑。”你合上影集，看封面上的葡萄和鲜花。

“只有你还在等他。”

阿妙眨眨眼睛，那眼睛像琉璃。

“不如，我陪你一起等他？”

阿妙没有食言，陪男孩一起打扫屋子。在那之前男孩不知原来世界上还有这么许多打扫屋子的方法。连桌子和柜子上粘成一片的书和杂志都被分门别类整理出来，就差按作者首字母排序了。阿妙一边翻看，觉得很对胃口，逐渐把这里当作书房，常常席地而坐打发一个下午。

你望着这个小小头顶，发现原本乌黑的长发在阳光下看起来是褐色的。还没有一个姑娘这样整理过舅舅的房间。你不知该不该习惯。

“我果然是文艺少女！”阿妙笑得灿烂。

“怎么说？”你觉得喉咙有些干涩。

“嘉许的书，我都好爱。不是说他是文艺青年吗？那我就是文艺少女咯！”不知什么时候起，阿妙开始直呼舅舅的名字。

如果此刻舅舅开门回来，她大概会熟络叫一声嘉许？舅舅突然看到这样一枚闪闪发光的阿妙，会不会以为是自己的私生女？你看向门口，那是一扇老旧的木门。舅舅啊，你如果丢了钥匙，还有力气踹开这扇门吗？

阿妙伸一个懒腰，熟门熟路地从床底拖出一个箱子，那里面都是舅舅拍的照片。

“这些难道都是你舅妈？”阿妙快速翻动其中一本相册，里面都是人像。那个年代胶卷十分珍贵，因此相片里的人都是花足了力气拗造型。男孩看来做作得很，阿妙却很喜欢，还夸这些姑娘的衣服好看。

其实舅舅是结过一次婚的，只是你不想讲。那个“正式舅妈”也只正式出现了一年就销声匿迹了。那时你小，只知道舅妈不爱陪你玩，就讨厌她。两人离婚以后，你还偷偷开心了一阵子——舅舅终于可以专心陪你玩了。只是不多久就知道上了当。原来舅舅是实在不想管她，才来管你。一旦恢复自由身，就又投入了广大女青年的怀抱。当然了，他本人是不怎么主动的，不过这种半推半就也被视为一种个人风格。

此时阿妙正对着波点裙子惊呼。

当阿妙说起潮流的时候，你脑子里只想到洋流，抽象到墙上的一张分布地图，具体到暴风雨来临时的一个浪头。设备再精良的船只在大海面前也不过是小小一片金属树叶。何况是上面的一个小小的肉做的某人的舅舅。

再见面的时候，阿妙居然剪了齐耳短发。

“你怎么不告诉我？”男孩的手滑到女孩肩膀，觉得那里空落落。

“好看吗？好看吗？”阿妙兴奋地蹦起来，说现在流行这种八十年代的学生头，特清纯。又说起新发现的一间网店，里面有很多好看的复古衣服。

阿妙一说起潮流，你又想起了洋流，脑海里全是海浪的声音，但是眼睛却离不开那头秀发曾经待过的地方。长发像瀑布一样，是另一种形式的海。它好像在流动，又永远在那里。

其实你也不是不想像阿妙一样，把大海劈成两半。

在那之后，阿妙一发不可收拾地走上了她的复古之路。尖头皮鞋，高腰裙，时不时在稚气的脸上涂一个大红唇，时不时买回些破烂儿堆在家里。

“你就不怕这些衣服是从死人身上扒下来的？”眼见着阿妙又收了一个快递。

“怕什么死人？不过是另一个时空的活人罢了。”阿妙一边说一边撑起一件皱巴巴的衬衫。

那个总是穿个T恤短裤就出门，会骑车穿过一个城市来找男孩的阿妙好像快要不见了。现在的这个阿妙，不知是哪里来的。直男如你，也逐渐发觉了女友的打扮跟你奶奶越来越像了。

阿妙她，渐渐开始像舅舅相册里的姑娘。阿妙她坐在舅舅的床前，活脱脱就是彼时姑娘们的模样。如果此刻舅舅开门回来，看见这一个温婉的妙人儿，大概会给她也拍上一张人像？

男孩不知哪里来一股气，把女孩抱起来扔在床上。床单刚刚换过，是阿妙选的草莓香味。

“我们还没有在嘉许的床上做过吧？”你恶狠狠地说。

“这样怪怪的……”阿妙挣扎。

“我看你也怪，打扫他住的屋子，看他看的书，听他听的音乐，还偷了一个木雕！”

“啊，那个，对不起，我实在太喜欢了……”

“喜欢什么？喜欢谁？你到底喜欢什么？喜欢谁？”

“那个……木雕啊。”

“偷！你是一个小偷！”

这个野兽一样发狂嘶吼的男孩，是你。

你看见阿妙的眼睛里都是泪水。

“对不起。”你败下阵来。

“我每次看到你在这，都忍不住想到舅舅以前的那些姑娘。她们和舅舅在一起，也像你现在一样快乐。这里没有多一样东西没有少一样东西，可是一切都变了。从前我来这里感到像是和舅舅在一起，可是现在这间屋子不仅是舅舅的，还有你的痕迹……就像是你们的屋子一样。我不知道我自己是怎么了，只觉得你好像把我的舅舅偷走了，又觉得好像是舅舅把你偷走了。”

阿妙张了张嘴，又合上了。

“可是嘉许，我是说你舅舅，他已经死了啊。”阿妙轻轻说。

再后来，阿妙去男孩家里做客。男孩的妈妈和颜悦色，说男孩找到阿妙这样一个好姑娘真是上辈子修来的福气。

当然，这个男孩并不是你。

沙发上的小情人

①

我们家的许多东西都有固定位置：比如洗手台上永远一摊水渍，床脚边永远一叠书，窗台上的植物死了快一万年了仍然还在那里，让好端端的一个花盆，从家变成了坟墓。

再比如，沙发上永远有一团毛毯。不是爸丢的，就是妈丢的，反正不是我。因为从我有记忆开始，就有一团毛毯在那里了。小时候是苏格兰纹的，有一阵子变成纯色，还有一阵子是一条绣着龙凤呈祥的……最近嘛，它是土黄色的，带暗绿花纹，非常的“秋菊打官司”。

我每天放学了就从冰箱里拿速食便当，去微波炉叮一下，窝到沙发上边看电视边吃。很多小伙伴羡慕我能在沙发上吃饭，还能边看电视边吃，而且吃的还是看起来很好吃的便当。我不懂这一切有什么好羡慕的。便当只是看起来好吃罢了。而我被丢在沙发上，就像那一团毛毯。不是爸丢的，就是妈丢的。因为从我有记忆开始，就是这样的。

和毛毯一样，我也时常变幻花色：有时候是秋季校服，有时候是夏季校服。还有的时候，我把自己罩在一件纯白的睡袍里。坐在乌糟糟的家中，白得有点寂寞。

“就剩下你啦……”我环顾四周，发现身边只有那一团毛毯，“你看你，每天窝在沙发上，也不运动一下。”

“这不是没办法嘛。”一个声音说。

我下意识地看向电视机，发现电视根本没开。声音似乎是从毛毯里穿出来的。

“啊，偶尔是会这样的。有的人整天窝在沙发上，最后就会消失在毛毯里。相反的情况也不是没有。”它闲闲地说着，听起来是个青涩的少年。

“你的意思是……你是从别人家的沙发穿越来的？”我倒是一点也不害怕。

“不不，我是你家这个毛毯里，土生土长的人儿。”

我来来回回打量那团黄黄绿绿的毯子，怎么也打量不出个完整的人形来。

“你是说……像长蘑菇那样长出来一个人儿？”

“那倒不是。毛毯里的空间对我们来说，可不只是一条毛毯而已啊。你可能不信，我现在也坐在自己的沙发上喝着下午茶呢。你把手伸进来，就能碰到我。”

我把手缓缓伸进毛毯里，感觉它被另一只手轻轻握住，还是忍不住尖叫了一声。那只手就立刻放开了，毛毯里的人说，“好啦好啦，我也觉得这样有点吓人。要不然你就当没有这回事吧。”

那怎么行！我慌忙重新把手伸进去，感到他用指腹小心翼翼地点了点我的手背，似乎在说“我在这里哦”。然后，就有一个干燥温热的手掌盖了下来，慢慢收紧，把我的手裹起来了。

“你的手……真大啊……”我有点吃惊，不光是因为眼前发生的事情，也因为这只手的包裹居然给我带来一丝安心。

他轻轻笑了一声，“其实毛毯一旦被好好地叠起来，我们这里的时间就停止了，毛毯里的人也会停止生长。也是托你们的福，我一直在长个儿………不知不觉就长成这样了。”

“不过，”他停了一下，“我还是第一次握女孩子的手呢。”

“其实……我也是第一次握男孩子的手……”我瞪着那团毛毯，感觉又害羞又荒谬。

两只手就这样交握了一会儿，又一会儿。我把手抽出来，再伸进去，确认他不会突然消失掉。抽得太频繁，到后来我们索性玩起了手心打手背的游戏。由于我看不见他，属于“盲打”，所以老是输。

“这样真不公平！”我嘟起嘴，给自己的手背吹气，“只有你看得到我，我却看不到你。”

“好啦好啦，你再把手伸进来一下。”他又轻轻笑起来，笑得很好听。不过我还有一点生气，决定不夸他。

他牵着我的手，似乎是走了一会儿。接着，我就摸到了一个冰冰凉凉的东西。“什么呀！”我吓了一跳。他握住我的食指，说，“你按一下试试。”

我按下去，指甲有点打滑。“So……”天哪，是钢琴的声音！这下子，我彻底相信了毛毯里有无限的空间。

“不过，你为什么让我按 so？一般人不是应该从 do 弹起？直接就按 so，读者们光看文字理解不了那是音阶里的 so 啦！还有，钢琴也是毛毯里长出来的？琴谱呢？你是不是要什么就能长出什么？”我一边说，一边胡乱地在琴键上摸索。

“你再这么多话，我就拿你的手指去试试烧的水有没有开啦！”我感觉到那边强行把我的手指抬起来，有点用力，我却开心地笑了出来。

②

“对了，你叫什么名字？”

自从知道沙发上的毛毯里长出了个人，我常和他聊些乱七八糟的事（比如喝牛奶的猫和喝母奶的猫在习性上有没有什么区别，蛇的尾巴到底是从什么地方开始的），却连最基本的问题都忘了。

“啊，我……”他沉默了一会儿，“我没有名字。”

“怎么会有人没有名字？”我脱口而出，又有点担心自己戳中了他的什么伤心往事。

“名字是给别人叫的，对不对。”还好，那边的声音一如既往地温柔。“可是这里只有我一个人呀，所以我不需要名字。”

“你们不能去别的毛毯里玩一玩什么的？在我们这儿，这叫串门。”

“不不，我们是完全独居的物种。别说串门了，我们根本就不出门。”说着，那里传来拍打什么东西的声音，“如果能一步也不离开沙发，那就是最好的人生。”

“哦，这样也不错！”我提高了一点音调，让声音显得开朗，就像在学校和同学们聊天的时候一样，“你不知道，出门可麻烦啦！要换衣服，要洗头，还要带雨伞。”

说到雨伞我严肃起来，“老天就是捉弄人，带雨伞的时候准不下雨，不带雨伞的时候准把我淋成个落汤鸡。如果人人都带上一把雨伞，一定天天都是大晴天。”我没有告诉他，其实我那么讨厌下雨天，是因为别人都有家长来接，只有我没有。

“雨天的时候会发生什么？”

“就是有雨落下来。”

“雨落下来是什么样子的？雨水是暖的，还是凉的，是直的，还是斜的？”毛毯里的声音有些弱下去。“真对不起，我什么也不知道。我一直住在这个客厅里，没有去过别的地方，也没有见过别的天气。”

我一看，毛毯虽然只是被随意地放在沙发的角落，却正好对着空调，怪不得冬暖夏凉，四季如春……

“可以移动你吗？”得到肯定的回答以后，我做了一个决定。

第二天，我把毛毯搓成一团，努力想把它塞进书包里。奈何书包里的书已经够多了，就连这么条小毯子也塞不下。眼看着快要迟到，我匆匆换上鞋，把毛毯往脖子上一围。“哎哟，你这是什么造型？”身后传来妈妈的声音，我什么也不管了，出门往车站跑去。

“喂喂，你起床了没有？”我悄悄问我的毛毯。当然，现在他是我的围巾。

“这是什么声音？呼呼的……”毛毯里的声音在很近很近的地方响起，弄得我耳朵痒痒的，脸红红的。

“这是……”我越跑越快，“这是风的声音。”

“这又是什么声音？风好像变大了，好可怕啊，会把我们刮走吗？”

我不由地在车站笑出声来，“傻子，这是我喘气的声音啦。”

我看看周围，不管是低头看手机的大叔，穿着窄裙冷得直跺脚的小姐姐，还是拎着一袋馒头花卷的老婆婆，没有谁注意到我的异样。只有一个高中生模样的女孩瞥了一眼我黄黄绿绿的毯子，就又转过头对着自己的小镜子拨刘海儿去了。

我把半张脸埋进毛毯里，“你明明是个男孩子，怎么选了这么一条毯子啊。真的好像秋菊打官司。”

他也压低了声音，神神秘秘地问：“秋菊是谁？官司又是谁？秋菊为什么要打官司？”

我一时不知怎么解释，只好呆呆望着天空。天气预报说，今天有雨。不过天气预报时常都是不准的，于是我还特意把雨伞从书包里拿出来，企图提高降水概率——啊，冰冰凉，亮晶晶的东西落下来了。

“这就是雨吗？真美，真美啊！”

真是个傻子。

我伸出手来，“下雪了。”

③

每天，我都给毛毯里的人起一个新的名字。昨天他是小猫。我说“小猫，你好吗”，他就喵呜一声。今天他又变成妙蛙种子。我说“去吧！妙蛙种子”，他很迷茫，不知道要去哪里。作为报复，他也每天给我起一个新的名字。有时候他叫我茶壶，有时候又叫我遥控器。我一边目瞪口呆，一边慢慢了解到毛毯里都有哪些东西。

“哎，居然有点想出去玩儿啊。”毛毯里的人说。

“我可不想动。不知道是谁说的——如果能一步也不离开沙发，那就是最好的人生。”我伸个拦腰，嘴里发出咿咿呀呀的声音，“再说了，上次的事情还没吸取教训吗？你不是说，被雪弄湿了以后，你的墙壁都开始发霉了吗。”

“是呀。还是多亏了吹风机小姐你，把我的家里吹得又干燥又温暖。”得，给他用一次吹风机，就干脆把我叫做吹风机了。“能不能……再来一次？”只见毛毯缓缓地扭动起来。

“咦！”我吓得差点从沙发上滚下去，“是你让毛毯动起来的？”

“咳咳，听说……听说有求于人的话……就要撒娇才行。”他有些不好意思。

“好啦好啦，服了你了！下次有什么事情就直接说，千万不要再撒娇了！”

我起身去浴室拿吹风机，听见大门的锁咔嗒一声被扭开。紧接着又是皮鞋的声音，又是高跟鞋的声音。爸和妈居然一起回来，这可真是十分罕见。

我放下吹风机，兴冲冲地跑出浴室——不对，气氛不对。整个客厅里阴云密布。妈把皮包往餐桌上一放，五金扣子发出啪啪的闪电一样的声音。爸一屁股坐进沙发，一只手搭在毛毯上，眼睛里满满的不耐烦。我心中惊叫一声。

妈看了我一眼说：“小孩子进屋去。”

我顶着两个大人的注视，低着头走到沙发边。

“爸。”我抓起毛毯的一角，紧紧攥在手中，“我拿个毯子。”

爸捏了捏毛毯，像是确认里面没有裹着什么奇怪的东西，然后他的手便松开，在空中简单地挥舞了一下。我立刻抱着毯子逃走了。

客厅里传来吵架的声音，先是低沉的，渐渐变得大声，变得尖利。爸和妈就像两团乌云，每次遇到都不可避免地要下一场雷阵雨。

“有时候我真希望我爸妈是外国人。这样的话，他们吵架我就听不懂了。”我一头栽倒在毛毯里，一边轻轻说着，一边轻轻地摩挲它。

“可是你爸妈是外国人的话，你就也是外国人，还是听得懂啊。”

我重重叹了一口气。在这种伤心的时刻，还不许我乱做梦吗。

“爸妈是外国人，我就也是外国人。爸妈是乌云，我就也是乌云。怪不得别人不那么喜欢和我玩。一定是因为我是可怕的人。是不是我的人生就要在争吵中度过？”

我越想越难过，就啜泣起来。毕竟我是个小女孩子，就算无缘无故地啜泣起来，也没有人会觉得太奇怪。何况我真是难过极了。

“你……你好像在抖。”毛毯里的人迟疑地说，“你这是……在撒娇吗？”

“我在哭啦！”我要被他气死了，忍不住大吼一声。

客厅里安静了一秒，也只安静了一秒。毛毯里却不断传来他略显着急的声音：“嘿，我给你弹钢琴曲？要不然小提琴也行……只是我刚学一个曲子，还拉得不熟练。你一定会笑话我的。或者我讲故事给你听？小熊彼得……啊，不对，这是给学龄前儿童的，你都那么大了……”

不得不说，我心中有些得意。惹恼一个哭泣的女孩子，可不是那么容易就能收场的。

毛毯里的人走来走去，发出啪嗒啪嗒的声音。由于我离他很近，把一切都听得一清二楚。他自言自语起来：“哎呀……要是这样的话好不好呢？”我接过话茬：“有什么不好的？”他吓了一跳，说：“那你……你同意来我家玩啦？”

世界上有些人一直窝在沙发上哪儿也不去，最后就会消失在毛毯里了。如果能盖着毛毯，在三十秒内睡着，则可以去毛毯里旅行。

“但是一定要从头到脚都裹进去才行啊！一根头发也不可以露在外面。”毛毯里的人紧张兮兮地叮嘱。

“知道啦！”我小心翼翼地钻进毯子里，第一次为自己瘦小的身材感到高兴。等我长到一米七，肯定就不能去毯子里旅行了。想到这里我又伤心起来，甚至希望自己一直这么矮算了。但是我嘴上还是说：“我以后一定长得很高，你要珍惜现在啊。”女人总是这么口是心非，我可算是亲自体会到了。

也许是幻觉吧，客厅里的争吵渐渐弱下去，变得像细细的针叶轻轻扎在皮肤上，又变得像秋天的芦苇，随风摆动着，发出唰啦啦的声音。

毛毯里的人像是就睡在我身边。他说，我来给你唱一首三十秒的歌，你一定就会睡着了——

“嘿，宝贝。
爸爸在做蛋糕，
妈妈在旁边笑，
轰隆轰隆的，难听的声音，
是洗衣机和吸尘器，
蛋糕快要做好了，
床铺暖和又干净，
什么也不用担心，
睡吧，睡吧，

做个甜蜜的，

梦吧。”

④

我发现自己在一个客厅里醒来。准确地说，是从一个沙发上醒来。这是一张灰色的布沙发，比我见过的任何沙发都要长，都要柔软。上面随意地披挂着一些红红黄黄的针织物，一直垂到地面，和毛茸茸的地毯连成一片。房间里有两面墙都挂着画和照片，一面墙贴着浅色的墙纸，已经看不出纹路花色，还有一面墙是深蓝色的，前面摆着一架黑色的钢琴。钢琴上放着一束白色的小花，看起来已经干了很久了。房间中间，也就是我的正前方有一个锃亮的木头茶几，和周围的拥挤繁复相比，显得光秃秃的。茶几上有两只遥控器，摆放得非常整齐，房间里却看不见任何电器。

我轻轻地把脚放在地毯上，发现自己连袜子都没穿。地毯的绒毛立刻穿过我的趾缝，像是刚刚从那里长出来的一样。

“咳。”

只见一个修长、笔直的男孩站在墙角，手上端着一个托盘。他穿着一件枣红色的高领毛衣，一条枣红色的卡其裤，成功和他身边枣红色的书柜融为一体。

“你就是……”我小声说。

“我就是……我啊。”他羞涩一笑，又往书柜后面藏了藏自己。

我认出了这个声音，他就是住在我家沙发上毛毯里的人。然而此时此刻，我却坐在这个人家里的沙发上。

“这怎么回事？”我问他。

“因为你真的在三十秒内睡着了，所以就来了这里。”他拿着托盘小心翼翼地走过来，像个芭蕾舞演员。“这其实是很难做到的。”

他走近了，我才发现他真的很高，脚掌几乎有我的两倍大。像是被我的注视灼伤般，他蹲下把托盘放在茶几上，然后就暗暗往后退了好几步，几乎要退回他刚刚出现的那个墙角去了。

我紧张得不知说什么好，蜷起脚趾来抠着一撮地毯。他站在那儿，像是要把脚变小一些似的，也蜷起脚趾来，抠着一撮地毯。我们就这样用脚抠着同一块地毯不放，像两只刚刚见面的猫一样。

没想到最后打破了沉默的，是一阵闷闷的、碗碟破碎的声音。似乎是从楼上传来的。

我很惊讶，“这是邻居？你还有邻居？”

男孩露出尴尬的笑容，“邻居嘛，还是不可避免的。”

这时又传来一男一女的吵架声。女的说，我对你什么要求高了！搞搞清楚！男的说，每次都这样！烦不烦啊你！离婚就离婚！

我情不自禁地张开了嘴。这不就是爸妈的声音？

我（张着嘴）指指上面，男孩（抿起嘴）点点头。

我想我一定是不小心露出了非常难过的表情。枣红色的男孩拿起茶几上的遥控器，对准天花板按了一下。

所有的噪音都消失了，一切归于寂静。我只听见勺子和杯子清脆又温柔的碰撞，听见白砂糖从纸袋里流出来，又陷进咖啡奶泡里的声音。听见对面的男孩说，吃一块饼干吧，你一定很饿了。

我这才反应过来，紧紧抓住他的手，“他们怎么了？你对他们做了什么？”

“嘘……”男孩缓慢地眨了眨眼睛，眼睫毛像蝴蝶的翅膀一般，“不要害怕，我只是把他们的声音关掉了。不要害怕，女孩。”

⑤

我捧着遥控器发呆。它看起来就像一个普通的电视遥控器。

“你是说，这个可以控制外界的声音？”

“也不能这么说。因为我只能决定我这儿能不能听到，对外界的事情都没有任何影响。”

“那么，我们家对你来说……”我瞟那枣红色的男孩一眼，他现在连脸颊都快变成枣红色的，按道理讲整个人应该就和枣子没有什么区别，“我们家就和一个收音机还是什么的差不多？”

男孩不好意思地搓了搓大腿，“差不多，跟广播剧差不多。”

我眨眨眼睛，“广播剧里的人跑到你家里来，是不是很神奇？”

他反问我：“跑到客厅毛毯里的客厅里来，是不是更神奇？”

我不置可否，轻轻按下左上角的“静音”键。楼上……不，是我们家里争吵的声音立即又回来了。我像毛毯里的人那般静静坐着听了一会儿，不知为何突然有一种置身事外的感觉。仿佛那吵得不可开交的两人不是我的父母，而是虚构出来的人物。

男孩把手伸过来，为我指出遥控器上其他按键的功能：有调节音量大小的，有设置睡眠功能的，有回放精彩片段的（我叫出来“什么叫精彩”），甚至还有屏蔽色情暴力的，添加声音滤镜的……我试着添加“甜美可人”滤镜，爸妈的声音立刻变成娃娃音，我又试着按下“童年回忆”滤镜，他们听起来就像两个四岁的小孩在吵架。

“其实他们是挺幼稚的，对不对。”我盘腿坐在地毯上，往身后的沙发靠去。毛毯里的人维持着乖巧的坐姿，慎重地点了点头。于是我又问他是不是常用这些功能变化我们的声音玩儿。

“开始的时候是会这样，后来就不怎么用了。而且……”他的脸一红，“你的声音很好听，但是你不怎么说话。我不想错过。”

我害羞得低下了头，像是被谁按下了静音键。我很想表现得像是每天都听到这些赞美，但是我实在装不出来。这时候我注意到扶着遥控器的修长的手指，想起初识的时候，就是这只手握了我的手，还捉了我的手指去按钢琴键。

我想我非但装不出老练的样子，而且脸一定也变成枣子的颜色了。哎呀，真是的。

“那……那你一定全部听到了，我爸妈那些……”我飞快地看他一眼，更加感到不好意思，“真是辛苦你了。”

“你看你……你也一直都听着那些呢。”男孩的声音变得异常温柔，“真是辛苦你了。”

我想大哭一场，又随即想起今天已经哭得够多了。我实在不想给毛毯里的男孩留下我是一个爱哭鬼的印象。于是我说，喂，你知不知道你刚才穿着一身枣红色出现在墙角的时候，真的好像一个变态啊。男孩叫起来，哪里变态了？我最喜欢枣红色了，谁会不喜欢枣红色？等一下，这也是有可能的。你真的不喜欢枣红色吗？

我笑起来，笑得停也停不下来。男孩委屈地看我两眼，也跟着微笑起来。原来快乐真的可以传染。

我看着他弯弯的眼睛说，我也喜欢。我喜欢。

⑥

因为毛毯里的那个人的关系，我变成了“那个老是披着毛毯的人”。我还特意为此编了个悲情故事：从小我就是个爹不疼妈不管的孩子，总是一个人吃饭、入睡，陪伴我的只有这条毯子。渐渐地，我就对毯子产生了对亲人般的依赖，不带在身边都感觉自己不孝顺。

由于这个故事里差不多有一半儿是真的，我讲起来总是很带劲，偶尔情绪到了还能挤出两滴晶莹的眼泪。于是人们也就带着同情的目光扫视我两眼，不再多问什么。其实，我带着毛毯，是为了带着毛毯里的人四处旅行。这个麻烦的家伙，一会儿要去听火车的声音，一会儿要去听飞机的声音。我说我没有钱买票，最多过个安检。他说好啊，那让我听听安检的声音。毛毯里的人好像对各种交通工具都很着迷，我想可能是因为他的世界只有客厅那么大，没有出过门。有时候我提议带他去学校里转转，他就沉默一会儿，说算了，学校一定很无聊。我想可能是因为他的世界没有别人，会有点怕生。

作为回报，毛毯里的人总是热情地招待我去他的客厅坐坐。我从未想过世界上会存在这样一个好去处。温暖、静谧，只有我知道，只有我能到达，而且与这世界上任何别的地方全都不相关。客厅中又有客厅，毛毯中又有毛毯，要音乐便有音乐，要甜点便有甜点，还有一个没有名字的人在那里等着我——可是名字有什么意义呢，没有名字又有什么要紧的？这世界里没有别人，所以我说的“你”就是他，他说的“你”就是我，不可能是任何别的人。

我说：“你在吗？”

他就说：“怎么啦？”

我说：“你好像一个变态啊。”

他就说：“喜欢吗？”

我越来越喜欢去毛毯里待着了，哪怕什么事也不做，只是和毛毯里的人轻轻地挨着。我大概有些了解为什么学校老师开始强调男生女生之间要保持距离。因为这种事，好像是会上瘾的。不管毛毯里的人有没有要求去旅行，我越来越习惯随身带着它了。它就是我的隐身斗篷，把我从恼人的现实中抹去。也就是，把现实抹去。

我越来越频繁地去毛毯里待着了，每当生活中有什么值得逃避。说来不好意思，为了成功地进入毛毯，我还练习了快速入睡。三十秒，二十秒，十秒——现在的我甚至能闭上眼睛就一秒睡着，看上去跟昏厥了一样，有点吓人。终于，这件事引起了班主任的注意。他把爸妈叫到了学校，问他们我在家的作息——因为我常常睡到不省人事，甚至还为此自备毛毯。

我心中冷笑一声，你问他们，他们问谁去？

果不其然，这两人又在回家的车上互相指责，吵得不可开交。老实说这个场景真是既熟悉又陌生。我已经很久没有和它如此短兵相接。越来越高的分贝、越来越尖利的嗓音、越来越难听的词语充满了整个车厢。我坐在后座，感觉呼吸越来越困难。我闭上眼睛，下意识地伸出手来。我以为我在找按钮，好把窗户摇下来透透气。可是我的手在沙发座椅上摸索来摸索去，分明是想要找到那个能让他们消音的遥控器。这时候不知是谁吼了一句：“女儿都弄出毛病来了！”

我听见自己的尖叫：“我没有病！我就是不想看见你们！我讨厌你们！讨厌你们！讨厌你们！”

⑦

毛毯里的人说过“你的声音很好听……我不想错过”。

他只说了一遍，我就记住了。毛毯里的人还说过“毛毯一旦被好好地叠起来，我们这里的时间就停止了”。他只说了一遍，我就记住了。

如果你问我，为什么我坐在床上把毛毯叠起来又摊开。我可能会反问你，你有没有曾经把手机关掉，过一会儿忍不住打开看看，然后又关掉？你到底是想让他找到你，还是不想？你到底是想联系他，还是不再和他说话？你年纪比我大多了，你能告诉我吗？嗯？

我失去了一个朋友，这是我单方面决定的。因为他变成更重要的人了。我想让他觉得我可爱、美好，想让他一想到我就觉得开心，而不是马上在心中涌起那一连串乌糟糟的忧伤的事情。可是我回望我的生活，发现它是这样潦草、混乱，连一个干净的柔软的沙发也没有，连一句温暖的好听的话都不会说。那天我在车里对爸妈的大吼大叫，他一定听到了。我是那样的声泪俱下、声嘶力竭，他一定吓到了。其实我比谁都更害怕，自己迟早会变成爸妈那样的人。他喜欢我的声音，结果我自己立刻就把这声音毁了。除了沉默和歇斯底里，我什么也不会。如果我全心全意地，不，拿出十二分的心意来对待一个人，却只能拿出十二分的沉默和十二分的歇斯底里，怎么办？为什么要喜欢我这样一个人呢？还不如不喜欢。

我这样一个不值得被喜欢的人，却喜欢上了别人。这喜欢可真心酸啊。

我把毛毯摊开，感觉忍不住想哭的时候，就又立刻把它叠起来——毛毯里的时间静止，他就听不到了。就让毛毯里的人少一点烦心事吧！就让他永远只听见我好听的声音。这是我唯一能做的了。

毛毯里的人还是和以前一样，让我占领大半个沙发，还给我煮好喝的咖啡。我有时候很想问他，喂，你能不能感觉到时间的停止？想一想又没有问。我只知道，和他在一起的时候，我常常连时间的流逝都感觉不到。

“感觉你心情变好了，我真为你开心。”有一天，他突然看着我说。

“哦哦……是呀！”我坐在地上看书，头也不敢抬一下。

“那天以后……他们……我是说你爸妈，变得好一些了吗？”

“哦哦……是呀……”我一边应着，一边在心里补一个“才怪”。

“对，最近很少听见他们吵架了。这很奇怪……”毛毯里的人也坐下来，用胳膊环抱自己瘦削的肩膀，“一般的人，是不会反省的，更不会改变。”

“说得你好像很有经验似的。你还认识谁呀，你不就认识我们一家嘛？”我故意用调皮的声音开他玩笑，毛毯里的人却突然不说话了，只是把头也埋进胳膊里。

我轻轻把书放在茶几上，学他的姿势，也曲起腿来，把头靠在膝盖上。毛毯里的人还是穿着他的枣红毛衣，不过这不是重点。重点是他的后脑勺就在离我那么近的地方，我得好好看看。如果时间能够静止，大概就是这种感觉吧。

不知过了多久，他说话了。

"告诉你一个秘密，你不要害怕。"

⑧

原来毛毯里的人，并不是一直住在毛毯里。他以前和我一样，不过就是一个普通的年轻人罢了。

我说："哦。"

毛毯里的人，"你不害怕？"

我说："不意外，不意外。"

原来毛毯里的人，就是他自己说的"一直躺在沙发上结果就消失在毛毯里的人"。至于原因嘛……

我抢答："车祸？重症？心理失衡？"

毛毯里的人反问我："你不害怕？"

我摆摆手，"老梗了，老梗了。"

于是毛毯里的人继续说，说他以前远远没有现在这么高，不，不高，是矮极了。所以学校里的男生总喜欢欺负他，给他取一些难听的外号。

我点头，"哦哦，校园霸凌！"

他很无奈，"你不害怕？"

我严肃起来，"对不起，这确实很可怕。一定给你幼小的心灵带来了严重的创伤。"

"总之，"他用一种坚定的语气继续讲述，"渐渐地，我就不去学校了。后来我连家门也不愿意出。人群使我害怕，害怕使我恶心、呕吐。但是如果我吐出来，我不敢想象周围的人还会怎么看我。父母帮我办了转学，我也不想去。他们就开始觉得我只是不想去上学罢了。”

“那些欺负你的人呢？”

“这就是我刚才说的……人是不会反省的。我不去上学了以后，老师的说法是我生病了。于是那些人……开始到处说我果然是个有病的人……”

我们情不自禁地沉默了一会儿。

“我真的不想再去面对这些事情了，所以我选择长住在这里。”毛毯里的人环顾四周，“这个客厅，就是原来我家客厅的样子，是我觉得最安心的地方。”

“那你现在的样子……”

“没错，是我理想中自己的样子。特别高。哈哈。”毛毯里的人苦笑两声，“如果你知道我特别矮，而且是个出不了门的胆小鬼，还会和我做朋友吗？”

我看着他落寞的侧脸，鼻子一酸。原来，我们是一样的人啊。

“现在害怕了吧？”男孩故作开朗。

我伸出胳膊搭在男孩的肩膀上，轻轻地抱住他的脖子。一时之间四目相对。太近了，没想到一个拥抱可以把两个人拉得如此近。我有点慌乱，又不舍得就这样放开，于是低下头靠在他身上。

“不害怕。我一点也不害怕。”

男孩的手犹豫了一会儿，轻轻落在我的脑袋上，小心翼翼地揉了揉我的头发。

“喂，你怎么在发抖。”他的声音倒是有点害怕，“你在哭吗？”

“不是啦！”我努力把眼泪鼻涕憋回去，“我在撒娇啦。”

⑨

我们就这样抱了一会儿，又抱了一会儿。没有别人打扰，也没有电话铃声会响起来的世界可真不错……突然，我想到一件事情。

“如果你本来就是个普通人，怎么会没见过雨和雪？”

“啊，这个……当时就是觉得你那样很可爱嘛。”他挠挠头，慌忙把我放开，“对不起啊。”

“不过，你真的回不去了吗？”

“你看到这里，还有一个遥控器吗？”毛毯里的人转过身去，把茶几上的少许杂物拨开。桌面上确实整整齐齐地摆放着两个遥控器，就像我第一次来这里的时候看到的那样。

“这个，可以控制你家的音量。”毛毯里的人把两个遥控器都拿起来，“这个呢，可以把这个客厅炸掉。”

“哈？”我浑身一震。

“嗯？你害怕了？”毛毯里的人转头看着瞳孔放大的我说。

“当然害怕！这个才是值得害怕的事情吧！正常人都会觉得这个才可怕吧！什么！把这里炸掉！这么危险的东西怎么会放在这么日常的地方啊！而且两个遥控器长那么像，拿错了可怎么办啊！”我有点控制不了自己的情绪。

“哦……”毛毯里的人掂了掂两只遥控器，“要说区别的话，其实还是挺明显的。这个炸弹遥控器，要比另一个重两百克啊。”

我说不出话来，坐在地上狂摇头。

“你不要担心，这个炸弹伤不了人的。只是把我的幻境毁掉罢了。不过谁也不知道到底会怎么样，毕竟我在毛毯里待了那么久了……现实里的我已经死掉了也说不定啊。”

毛毯里的人看我还在摇头，又说：“这个也害怕？”

我摇摇头，又赶紧点点头。

他突然温柔地笑了一下，摸摸我的头说：“等你长大一点，不能再进入毯子，也许我会去找你吧。”

我开心极了，嘴上还是说着：“你怎么找我？你找得到我吗？”

“你还记得，我让你带我坐各种交通工具吗？”男孩有点不好意思，“坐飞机来找你也好，坐火车来找你也好，坐地铁也好，坐公交车也好，走路也好。一定会来找你的。一定会找到你的。”

⑩

也许是因为知晓了毛毯的秘密。那日一别，我再也无法听到毛毯里的声音，更别说进入毛毯里了。

但是沙发上的毛毯始终还是我的好朋友。我时常抱着它，和它说话。睡不着的时候，就把它轻轻罩在头上，耳边仿佛传来毛毯里的人唱的歌。

当然，还有一种可能。也许毛毯里的人终于按下了另一个遥控器，从他的幻境中走出来了，此时正在来找我的路上呢。

我不知道他是坐哪一个航班、哪一趟列车，我甚至不知道他的高矮胖瘦——咦，这么说起来，真是好像网恋一般啊。

不过我想，他要来见我的那天，一定会把自己打扮成枣红色的。毕竟，谁不喜欢枣红色呢？我最喜欢枣红色了。

如果你见到一个穿了一身枣红色的男孩，记得帮我和他说一句话。

如果你说："你好像一个变态啊。"

他就说："喜欢吗？"

那一定就是他了，我沙发上的小情人。

不要和陌生的虫说话

浴室里飞进来一只虫，趴在门框上。乍一看，是黄蜂。再一看，比黄蜂大一些，长一些（我对昆虫实在没有任何了解）。再仔细一看，居然像一个人。

它用中间那对足撑住身体，然后就开始搓手搓脚。这个对身体的安排可以说非常贴心，因为作为人类喜欢这样想：离头近的是手，离屁股近的是脚。但是身体中间长出来的那点什么东西就很困扰了：如果认为中间的也是手，那么一双脚配四只手未免有点头重脚轻；如果认为中间的也是脚，那么手的数量好像少了一些。要不然干脆用科学谨慎的态度，把它们统统都称为足。但是这样的话，就等于承认了拟人失败。我们太喜欢拟人了，喜欢到在太阳表面画上人的五官还叫它公公。你去问十个女孩子怕不怕虫，八个都说怕的。但是拟人了就不怕，因为拟人过后的虫都跟人一样站起来了：如果把中间那对拟成手，它就站得高一些；如果把中间那对拟成脚，它就站得低一些。不过脸上一定还是人类的五官，睫毛根根可见。

想到这里，我有点害怕了。主要是怕那虫把脸转过来。幸好它很专心，只是不停地拿手搓搓脸再搓搓自己的触角，就像一个人在手上吐上唾沫整理头发一样。你看，我又拟人了，忍不住的。或者说，它真的像极了一个人。

我不禁回想了一下认识的死去的人里有没有这样的，也许是变了虫子来找我玩。我想起一个小学同学，叫吴雨杰。他手长脚长，跟麻秆一样。其实我根本没见过麻秆，但是大家都这样写，这样写出来就给人一种弱不禁风的联想。我觉得可能是这样，当我们要拟人的时候，有一个说了也白说的大前提，就是要拟的这样东西万万不能是个人。一旦他是个人，拟人就到了尽头：你看那个吴雨杰，跟王磊磊似的！

所以人类就喜欢这样：好好的万物，都拟成人的形象；人嘛，看来看去，越看越不像个人。

吴雨杰长大了应该就是这个虫的形象：灵活，敏捷，爱搓手搓脚，而且喜欢湿润的地方。从名字就可以看出来，雨杰命中缺水。当然我小时候并没有悟到这一层，只是觉得他的名字里真的有好多点。吴雨杰是学过书法的，所以他的点都长得不一样，有的像顿号，有的像逗号，反正都是停顿的意思。所以我每次想起吴雨杰，都觉得上气不接下气。

吴雨杰是一个小流氓，在五年级的时候就开始从背后抱住女生，摸她们还没有发育起来的胸。这些被摸的女生分别叫橙橙、蓝蓝和紫紫。为了保护未成年人的个人信息，此处用的是化名。出于同样的原因，我也应该给自己一个化名。但是怎么办呢，彩虹里的颜色我都不喜欢。

我的童年就像一条狭长而闪烁的光斑，或者在空中疾驰的回旋镖，强烈，短暂，明晃晃。可能是因为那时候睡得太早，对黑夜没有什么记忆，也可能是因为那时候常常躺在草地上直视太阳。我觉得天空非常迷人，所以每次写作文的时候都要用“今天天气晴朗，万里无云”来做开头。但是我也很喜欢闭上眼睛以后看到的一切，好像是黑夜，又比黑夜更暖更亮。

和我躺在一起的，有橙橙、蓝蓝和紫紫。按照学校的规定，我们每天放学的时候都应该排成一纵队，把每个人都送回家。整个过程严谨如发射一个多级运载火箭。然而我们走着走着就偏离了轨道，还躺得四仰八叉，就像散落在太空的宇宙垃圾。如果童话里的巨人真的存在，就可以拿一个簸箕把我们打扫干净。毕竟那个时候的我们非常短小可爱又轻盈，心中连个像样的秘密都没有。而生活中最大的刺激不过是考试成绩不到九十分，或者班主任要结婚，或者不小心瞥到公园阴影处亲热的恋人，又或者有人悄悄说把大拇指和食指并拢的那条缝就像一条待接吻的嘴唇。

实在不必出场的，是吴雨杰这般的人物。我们本应该像其他女孩儿一样，遵循一条传统的被动的成长路径。具体来说就是：先了解到牵手是不会怀孕的，再了解到接吻是不会怀孕的，然后就放心大胆地期待一个高大帅气的男朋友。吴雨杰的出场打破了所有顺序，甚至可以说把所有我们能想象到的步骤都跳过了。他把一个女孩子拢在怀里，一只手抓胸部，一只手探向她的两腿之间。

众所周知，女孩子的两腿之间空空如也。他在那里找什么？我们偶尔会想一下，但是想不清楚。

世界上的宝藏都是如此，没有人确切地知道它的真相。宝藏先是以藏宝图的形式存在，然后又以寻宝者的形式存在。藏宝图越神秘，寻宝者越多，就越显得这个宝藏有价值。要是有一天，这些寻宝者们聚在一起开会说："哎呀，烦死了，把图撕了！不如去写旅游书！"那这个宝藏就算完了。

吴雨杰以第一个寻宝者的身份从天而降，在他面前的是一片原始丛林无知的矿藏。他饱含着关于我们身体的秘密而来，从而自己就成为了秘密本身。因此我们要谈论他的时候总是很紧张，不知如何开头。我总不能说："今天天气晴朗，万里无云，我看见橙橙在走廊上被吴雨杰从背后抱住了。"这些无法开口的瞬间让我觉得生活变复杂了。为什么这样平常的午后，我们这些小学生不能只是躺在草地上，嘴里嚼着花。

与之相悖的是吴雨杰的坦荡。他神色自然，信心满满。偶尔有人与他对视，他就露出一丝凶狠的微笑。我心里有一个大胆的假设：吴雨杰不是一个十二岁的男孩，而是从他本人的中年时期穿越回来的，要把年轻时没占过的好处都占尽。

于是我不再把他看作一个讨厌的男生，而是一个真正的坏蛋。要对付一个真正的坏蛋，就需要一些斗争的精神。我拟定了作战计划，计划的第一步是团结，团结的第一步是开会，开会的第一步是确定开会的时间地点人物。我那时候只是隐隐感觉自己有一点大人的感觉，现在回想起来我竟然掌握了形式主义的精髓。

那天我把橙橙、蓝蓝和紫紫都叫到了公园里的灌木丛里，并发给她们我精心制作的队标。于是每个人都拿到了一只用马克笔涂黑的木质衣夹，上面用银色的颜料写着“dkddybfq”，意思是“对抗到底永不放弃”。我看见对面的三个女孩露出了迷茫的神色，又做了如下的演讲：

“朋友们，我知道你们的难处，我全都看见了。但是我们不该让敌人得逞，尤其是吴雨杰这样的孩子。他现在这么坏，以后会更坏。我们要把他扼杀在摇篮里。”

由于不久前才参加了学校的烈士扫墓活动，我的文风受到了一些影响，使得整个灌木丛的气氛十分沉重。橙橙看看蓝蓝，蓝蓝看看紫紫，紫紫看看橙橙，橙橙又看看紫紫。总之她们三个互相看来看去，就是没有人看我。后来我长到快三十岁的时候，才有一个朋友跟我说，同一个事情在每个亲历者的回忆里都是不一样的。我听了以后恍然大悟，瞬间又想起了这个尴尬的时刻。于是成年后的我尝试用她们的角度去想，果然发现了一个 bug。

为什么吴雨杰抱了橙橙，摸了蓝蓝，掐了紫紫，却从来没有对我下手呢？

“为什么呢？”女孩儿们嚼着粉红色的泡泡糖，甜甜地问我。

“为什么是我们？”女孩儿们坐在掉了漆的双杠上，斑驳地问我。

“为什么不是你呢？”女孩儿闭着眼睛跑完八百米的最后一程，喉咙里像是含着一口血。她们虚弱地抬起头来，满口腥气地问我。

这句话由她们每个人的嘴巴里轻轻软软地吐出，在我的耳廓里四处乱窜，形成许多回声。

我想起来一个午后，橙橙靠墙坐着看书，吴雨杰敲打着饭盒就要走过来了。我迅速踩在两个桌脚上（这样显得高一些），抱着双臂（这样显得壮一些），就这样挡在他们中间。如果那个时候我回头了，就会发现橙橙前后桌的女生自然地挽住了她的左膀右臂，呈婢女状，而位于前线的我本人则活生生像个小太监。吴雨杰漫长地看了我一眼，依依不舍地走了。身后的女孩儿们又恢复了谈话，仿佛从来没有被任何事情打断过。我从桌脚上跳下来，向橙橙报以英勇一笑，她也笑着对我说——

等一下，我的回忆每每到了这里，都会被另一个片断取代——那也是一个午后，我从露天泳池出来，抓着毛巾就回家。家非常近，就在马路对面，天非常热，瞬间就蒸干了我的蓝色拖鞋。路上有人对我指指点点：“你这个女孩子……”我只是专心地看着地面，看水泥和水泥之间的缝隙，看它们突然拱起来成为台阶，台阶的尽头是一扇木头门，我在上面留下一个湿热的掌印，滴滴答答走到镜子前。光线是朦胧的，于是照出一个悬而未决的我：一个纤细、光滑的儿童，仿佛刚刚被黄油刀切出形状，远远未到要决定成为少年还是少女的时刻。红色泳衣贴在身体上，也贴得毫无想法，把乳头和肚脐的样貌一概抹过了。但是我的双腿十分灵活，蛙泳和自由泳都不在话下，它们也因此晒得黝黑。我交叉双腿，踮脚，再分开，像一个饿极了的人操纵两根乌木筷子。偶尔我特意顶起一边的胯，把身体拧成流线形状，脸上却全然写着“不懂装懂”四个大字。

能唬得了谁呢？和吴雨杰对峙的，不过是我这副儿童的躯体——像对待男孩子那样打一架，或者像对待女孩子那样抱着揉一顿，我还没有资格。那天我站在他们中间，就是站在男生阵营和女生阵营的中间，既不是他的同谋，也不是她的战友。我想不起来橙橙和我说了些什么，也许是因为她什么都没说。也许是因为我没有对她英勇一笑，甚至没有回头，只是故作潇洒地、蹦蹦跳跳地回到了自己的位置上。

夜幕某一次降临的时候，曾看见镜子前站着一个穿红色泳衣的女孩。她缓缓靠在墙上，把一只手伸进泳衣抚摸还未隆起的胸部，另一只手探进两腿之间。那里除了一块骨头，几乎什么都没有。她想起吴雨杰写字的手，那些锋利又冗长的停顿，要把纸头划破。

“是这样吧？”她在那儿用力抓了一把。

“是这样吧？”她弯下腰，像是被什么人擒住。

“这样，就和你们一样了吧？”她抬起头看着镜子，仿佛看见吴雨杰就站在身后。

我记得这件红色泳衣，我一直穿着它穿到初中毕业。

这件泳衣是真的，这个她一定才是真的我。

事到如今不得不承认了：我和橙、蓝、紫不是一伙儿的。我们没有像太空垃圾一样躺一地（那不过是我的个人嗜好），也没有在灌木丛中开会。事实是我太想和她们一伙儿了，以至于篡改了回忆。她们个个高大漂亮，是女孩儿中的主要人物，尤其是橙，是主要人物里的中心人物。她不但高大漂亮，而且有钱。和她一伙儿的女孩们常常得到文具饰品等小玩意，其中受到特别宠幸的会被邀请去她家玩。她们说，那个家像酒店一样，橙的房间里堆满了她收藏的娃娃、糖罐和彩色蜡烛。这铺天盖地的甜蜜富足冲昏了每个女孩的头脑。再加上她对待同龄男生的态度——就像看到亲戚家的小孩一样，一眼就把他们的小把戏看透——她们崇拜橙，奉她为领袖，把刚刚觉醒的少女情怀都献给她。而我又何德何能，扮演橙的保护者呢？那场对峙即使是真的，也不过是贿赂，是献殷勤罢了。

吴雨杰敲打着饭盒，发出类似某种战斗鼓点的奇异噪音。他离开橙的座位，绕着黑板走了一圈，走到我旁边坐下。

“多管什么闲事儿啊你。”他一边说着，一边把勺子扔在桌上。

“咣啷。”勺子说。

我没有回答，只是看着那个勺子。勺子的一部分越过了隐形的三八线，落在我这一边。三八线的另外一边，自然属于另外一个人。就是这个麻秆一样的人，这个坏蛋，这个色鬼，吴雨杰。

事到如今不得不重新介绍一下我自己：我便是这个麻秆、坏蛋、色鬼吴雨杰的同桌。用那么长的一串定语自然是为了显示我的嫉恶如仇，尤其是为了显示我和他不是一伙儿的。但是吴雨杰四处招惹是非，却与我相安无事，我们不是一伙儿的，谁还与谁是一伙儿的？

我知道我的坏处，就是笨拙得不像一个女孩子。我在水中矫健有力的双腿到了岸上就全无用处。皮筋、毽子，一切女孩子们擅长的游戏，我都掌握不了节奏。我自愿做一棵绑皮筋的木桩，看着橙、蓝、紫像织布机一样在两根绳子间勤劳地穿梭。我想我这样一个边角料人物，大概直到小学毕业也不会被邀请去橙的宫殿里看一看。

我也知道我的好处，就是像天真无邪的西兰花一朵，配碳烤羊排也行，配拔丝地瓜也不错。大人们一眼看中我这个好处，把什么疑难杂症都发配给我做同桌。一旦吴雨杰在上课的时候把手放在我的大腿上搓，我就发力将他的手撞向桌子。大人们看见便心安了。最开始我以为她们是满意我的彪悍，后来才发现，她们更欣赏我的无知。

吴雨杰在我这儿吃了两次亏，手就变乖了。照他的讲法，手要用来写书法，还要用来做别的事，可不能就这么被我废了。吴雨杰的手乖了，全身就都闲下来了。他时常感叹一句："女孩子真好啊。"把他在别人身上占到的便宜，讲来与我销赃。

我开始了解吴雨杰的目光粘在哪些地方，这才发现学校发的白衬衫在逆光处完全是透明的。橙橙、蓝蓝、紫紫还有其他彩虹一样的孩子们在窗户前面站成一排，像玻璃缸里发光的鱼。有的女孩儿已经穿上了白色的小背心，有的女孩儿仍是火柴棍儿组成的一般，勉勉强强把衬衫撑起来。橙橙漫不经心地看看我，其他人也转过脸来。我几乎是用吴雨杰的眼睛回了她的看。就是这一看让我觉出危险来。我和吴雨杰日日伏在同一张桌子上，像两块人工草皮，一起伏在陌生的土壤上，稍后便要长到一起去。

女孩儿们的注视让我别无选择。我看见我随自己的白球鞋走到窗边去，逐渐也变成透明的。我颤抖着转过身来，感觉赤裸的皮肤上起了一层细密的疙瘩，又立刻被女孩儿们暖烘烘的甜蜜气息抚平了。教室里的几个男孩撑着脑袋，在胳膊缝里直直地看过来。他们有的长得很可爱，会被大人们捏着脸说真是洋娃娃一样的孩子。我此刻才第一次懂了他们的眼神。日光太过猛烈，不管是穿着透明衬衫的女孩，还是暴露了内心的男孩，没有谁能完全被遮蔽。吴雨杰上下扫视我，轻蔑地笑起来。我的童年结束了。

但是有什么关系呢。我选择了女孩儿们，我现在和她们是一伙儿的了。

我甚至希望吴雨杰的手现在就抚上来，揉捏我结实的大腿，好让我在大庭广众之下坐实“受害人”的名头。这样女孩们会拥抱我、安慰我，邀我去她们家里温暖的角落谈论卡通贴纸和橡皮泥。而不是用眼神无声地质问我：为什么，为什么，为什么。

一直到小学毕业，我和吴雨杰都保持着同桌关系。我没有说“我们一直是同桌”或者“我们同桌了很久”，而是用了“保持……关系”这样一个在我看来非常成人的表达。就好像人们说“他们保持着夫妻关系”，其实暗示着这段关系已经名存实亡了。根据班里的规定，我们每个月都要换一次座位，但是同桌是不变的，变化的只是每个纵向大组的位置。有时候我们在教室中间，两边都是走廊，一下课就毫不客气地各过各的。有时候我们靠着墙，一个人不得不掌控着出入口，从而间接掌控了另一人的生理需求。吴雨杰一有动作，我就条件反射般立刻站起来，免得同他摩擦身体的任何部分。

但是我对他没有任何一点对同类的厌恶，我只是把他想成虫。比如现在在我浴室门框上趴着的这一只，搓完触角搓手，搓完手搓脚，搓完脚搓屁股。它扭着屁股搓的样子也像极了一个人，让我几乎想象出它身体正面的情况。

有一次，轮到我们打扫卫生。吴雨杰负责扫掉走廊的灰尘，我负责洒水，把地面弄得湿润。当我们到达走廊尽头的时候，吴雨杰停下来了。吴雨杰停下来了，我也就停下来了。

我回头看了看走廊，地面上的水渍快要干了。

我说，干得真快啊。

吴雨杰说，什么？

我说，水渍。

吴雨杰说，最近天气太热了。

我心想，我们好像两个大人一样避重就轻。

这时候吴雨杰说，裤子口袋里有个东西弄不出来了，你手小，帮我弄弄吧。就像一个亲切的、羞涩的陌生人。我把手伸进去，摸到一条幼虫。

吴雨杰没有动，我也没有发出任何声音。仿佛天地间仍在运作的唯有水分的蒸发。唯有它们能够真切地离开现场，等待着有一天以别的方式落下。地面迅速变得干燥，就和没打扫过一样。如果检查的人来问我：你到底去走廊洒过水没有？我怕我会忍不住反问他：没有任何人看见的事情，能不能当它从来没有发生过？

不过这只虫——门框上的这一只——到底是为什么飞进我的浴室呢？难道是因为玫瑰味的洗发水？

我面无表情地脱下裤子，拉了一泡惊天动地的屎。

虫子考虑了一下，飞走了。

我想起吴雨杰看着我的胸部说，你也长大了不少。

摸摸我

行道树被剪成长方形，这便是法国了。阿玉每天在一个四方的操作台切几十颗卷心菜、洗几百只盘子，深夜再回到梯形的阁楼睡下，因此觉得法国是很几何的。但是银行账单、水电费催缴单、税单又告诉她，生活主要的问题是很代数的。

申请的补助抵不抵得上交通费？超市的打折券怎么用最省？阿玉考虑的事情暂时是这些，还没有考虑买一张电影票的事，也没有考虑买一支香奈儿口红的事。当初姆妈说，就跟你堂姐出去吧，在那里做穷人总比在这里做穷人好。阿玉记住了，每个月领一次房屋补助、两次政府救济。救济站设在城郊，要坐长长一趟地铁。地铁偶尔破土而出，在地面上运行。阿玉就向窗外偏偏头，看幻灯片一样地看看。她的目的地在城市边缘，那里毫无风情，只有流浪汉和酒鬼。

好在回程时，她怀里多一只宝箱。里面有蔬菜、肉类、奶酪、水果，都是超市快要过期的食物。她的对面则多出一人一狗。那人穿一身歪歪斜斜的迷彩，看上去不是什么善类。那狗嘛——传说欧洲的流浪汉养条狗便能合法行乞，还能多拿些救济。其实关于那人，我们有很多细节可以补充。比如他的头发是金棕色的，眼睛是灰蓝色的。又比如他的狗，黑得像上个世纪的夜，其实内心和它的舌头一样是粉红色的，是十分黏人的家伙。不过阿玉浑身紧巴巴，笑也不敢笑一下，更没有空观察这些。

那人从裤兜里伸出手来，阿玉心里就掠过两百种可怕猜测。这无疑是一双雄性勃勃的手，宽大，粗壮。她能够轻易地想象这双手如何扯住提包的带子，如何将一个细软的脖子紧紧扼住，如何捏成拳头，又如何落在某个人的门面上，打落几颗牙齿。这座华美的城市如今落下犯罪之城的恶名，与他们这样的人可脱不开关系。

那人的手在空中悬了一悬，轻轻落在狗的脑袋上。

他搔了几下大狗的头顶，便张开掌心一路摩挲到背部。就这么简单的几下，那狗已舒服得呜咽起来。它欢快地摇着尾巴，躺倒在地上，用一个（似乎对狗来说）费力的姿势斜睨着它的主人。那人笑了，轻不可闻，他搓了搓狗的脖子，开始揉它的肚皮。像风顺着草地那样，像雪融化在温热的皮肤上，他爱抚着它。这让阿玉第一次了解到，“爱抚”这个词如何完整地脱离情色意味。他粗糙的手掌此时让人想不起一丁点暴力的事了，仿佛天生就是这么温柔，一辈子都会这么温柔。甚至可以这么说，这双男性的手竟然充满母性。

阿玉看得呆了，那狗也拿褐色的瞳孔望着她。这个面孔黄黄的亚洲女孩裹在黑色的羽绒服里，一头毛躁的长发横冲直撞，不如它的毛那样顺滑。只是她在想什么呢？她为什么看着我？她的眼睛为什么湿湿的？

阿玉被她自己的羞愧淹没了。首先，她知道自己显然是把那人想得太坏了。其次，她发现那种被一双手温柔抚摸的感觉，她已经想不起来了。阿玉的童年是短暂的，在别人的想象中也是有点辛苦的。只是如今她觉得童年真正辛苦的，正是它的“短暂”本身。她懂事得实在太早了，长大得实在太快了，以至于现在回忆里一片空白。以至于那种被一双手温柔抚摸的感觉，她无论如何也想不起来了。“请像抚摸那只狗一样温柔地摸摸我吧。”阿玉心里这种不像话的请求，就是她羞愧的理由。

一个人反复地可怜自己，就容易产生一种认为自己非常深情或者非常伟大的错觉。但是那人、那狗，特别是那双温柔抚摸的手，在那天过去之后，仍然反反复复地出现在阿玉的脑海里。眼前的一切都失去焦点，只有那双手，在没有声音的阳光微尘之中，一遍又一遍地做着爱抚的动作。有时候，阿玉甚至感到那黑色的毛发之下不再是那只狗了，而是她的脸，脸上闭着的眼睛，眼睛上微微颤动的睫毛。

她很想做这样一个梦：梦里她变成了一只狗，或者一只猫、一只兔子，这样就会有一双手轻轻拢住她，挠挠她毛茸茸的脑袋，揉揉她的脖子，把她哄睡。等她醒来，又发现自己变回四五个月大的婴儿，被小心翼翼地护在胳膊里。人们用最小的力气去碰，也怕碰坏了她。

人有几分不幸，就有几分渴望。

可是越想做的梦，越是不会来。阿玉没有办法，只能看着自己的手发呆。这一双理应比流浪汉纤细一百倍、柔嫩一百倍、温柔一百倍的手，因为长期泡在水里已经脱了好几次皮。这双手伤痕累累，没有力气去抚摸别人。这颗心太累了，只想接受安慰，不想安慰谁。

“姆妈……”阿玉像小时候一样叫她，她在电话里也只是说，“要听你堂姐的话。”

堂姐的话是什么呢?

“下个月你除了备菜，也做做油锅吧。”

“学校还是要去，不然明年就拿不到长居了。”

“如果有合适的男孩子……有身份的……不要找不靠谱的留学生。”

后厨是一个小小的、被白炽灯照着的、不锈钢的世界。厨房里除了几个自家亲戚，留学生也是有的，就是都做不长。他们吃不得苦的时候，大不了往家里撒一点娇，生活费总是有的。可是阿玉这一身油烟味，大概一时半会是洗不掉了。通过传菜口，可以看到刻意营造出中国风格的餐厅内部，里面摆了红皮沙发椅，到底比厨房柔软一些。但只有迈出餐厅的门，空气中那股油炸春卷和红烧猪肉的味道才会被面包和咖啡的香气取代。阿玉靠在冰凉的料理台上，觉得这两道门之间的距离可真远得不得了，外边旖旎的街景更是像墙上的海报一样不可信。

堂姐说的“合适的”“有身份的男孩子”，她自然知道指的是谁。采购的小李，原本偷渡来的，在法国当了几年兵，刚刚拿到国籍。他帮一个大型亚洲超市进货，跟本市的中国餐馆都熟。人看起来也老实，打扮得像早期武打片里男主角的好朋友，喜气洋洋的。

他若是笑嘻嘻地来，阿玉也紧着分量朝他笑一下。这时候堂姐就在边上磨磨蹭蹭地点货，眼睛里问她，怎么样？和小李有什么没有？

阿玉也不是没想过，如果和小李好了，就可以合法地留下来，成功地组建一个老式家庭，养几个一出生就是“法国公民”的孩子。而她会像他们家的所有女人一样，从一个安分的女孩直接成为一个严厉的母亲。

一切都那么的顺理成章，那么的让人害怕。

阿玉开始期盼去救济站的日子，那成为她的喘息时刻。长长一趟旅程，做什么表情都可以，发什么梦都行。有罗姆人拉起手风琴曲子，让一切变得像一部文艺电影。阿玉假设自己也参演其中，忍不住有些陶醉。更重要的是，这段旅程上有她温情的回忆。如果生活是一盒纯度很高的黑巧克力，这回忆便是焦糖，是奶油，是榛果夹心。就算是她，也有资格偷偷尝一点甜吧。

救济站门口聚集着游民，阿玉的心脏猛烈跳动。她认为自己和那人之间有一种特殊的气氛。眼前的人们同样高大，同样凶恶，同样牵着狗。但是那人理应用他不寻常的亲切把自己凸显出来，就像一大锅饺子里她亲手包的那一个——无论他有多高、留什么发式、眼睛是什么颜色、他的狗又是什么品种的。

她走向他们，甚至带着一点虔诚。他们同时也走向她，一边嘟囔着些什么。阿玉在酒气、汗酸、尿骚味的侵袭之下努力辨别，只听清几个字：“中国人”“工作”“钱”“滚”。他们越走越近，浑浊的瞳孔与爆裂的青筋与恶意也一并而来，吓得她动弹不得。阿玉这才明白，在这些乞讨为生的流浪人心中，自己还低他们一等，是个跟小偷差不多的人物。她和她的同胞们为了养活自己，拿着远低于法定水平的时薪，干着远超负荷的活，不过是偷了本来属于他们的工作。

她好不容易脱了身，踉踉跄跄地回到住处。她想不起来如何厌弃自己，心中还是惦记着那人。一想到那人不在刚刚的人群中，她就有些失落。一想到也许那人确确实实就在人群中，她就一阵心痛。可能所谓奇妙的缘分、不寻常的亲切只是误打误撞，可能那个温情的时刻再也不会重现。她能够占有的只有自己的回忆。

阿玉开始更频繁、更认真地在脑海中重温那双手，以防有一天不小心把它忘记。她想起中学时代背地理知识，总是把这个洋流记成那个洋流，把这个峡谷放到那个盆地去。越是刻意刷新的回忆，越是容易和别的东西混在一起。阿玉想不得姆妈了，不然姆妈手上的冻疮也长到了那双手上去。阿玉看不得做菜了，不然那把腌料揉进肉里的手势也加入那双手的柔情里去。

她幻想着，幻想着，直到这回忆变成一个诅咒。时时刻刻，它都提醒着，她竟然得不到一双手的抚摸。如同搬来一个讨厌的邻居，时时刻刻晾晒他们不合时宜的快乐。

她想起小时候听到的一个故事。渔夫打捞到一只瓶子，解救了其中封印的魔鬼。魔鬼说，我在这瓶中被关了四个世纪：第一个世纪，我要报答解救我的人，许他一生荣华富贵；第二个世纪，我要报答解救我的人，给他全世界的财富；第三个世纪，我要报答解救我的人，满足他三个愿望。但是三百年过去了，没有一个人来救我。从那以后，我决定无论是谁来救我，我都要杀死他！

小时候她以为魔鬼恩将仇报，是因为它是邪恶的、不按理出牌的魔鬼。现在她恍然大悟了，魔鬼其实是普通人。得不到回应的讨好乞怜会引发越来越浓的不满，不满到了一定程度就会升级成仇恨。到时候那救星来了，得不到一句“你终于来了”的感激，而是一句“你怎么这么晚才来”的埋怨，仿佛那三百年的煎熬都是他的错了。

每一个人经历了漫长而无望的等待都有可能变成魔鬼，包括她自己。问题就是，现在已过去了几个世纪？

不管阿玉的内心煎熬了几个世纪，餐馆每晚十点准时打烊。要忙完所有事情，则得等到午夜。这一天，阿玉像往常一样锁好门，跟大厨一起回家。大厨不过是个毛小伙子，读书读了一半，心理崩溃了，就跑来做寿司师傅。算是不靠谱的留学生里最不靠谱的那种。如果和他攀谈几句，我们几乎就可以断定，这是个有点单纯的小伙子。阿玉也是这么觉得的。她看看大厨的侧脸，分明还有孩子般的稚气。

凌晨的马路上照例有些酒鬼，穿得少些的是商学院的学生，穿得多些的是无家可归的游民。两个清醒的人这么慢慢穿过街上氤氲的酒气，也变得有些不清醒了。再加上这天的晚风有一些像那天的，让她忍不住又想起那双温柔的手来。

阿玉拉过大厨的手，心中燃起最后一丝期望。这个人，会是把她从魔瓶中解放出来的渔夫吗？

像和童年伙伴打闹那样，她把这双手放在自己的头顶。可是她对于自己已经长成一个女人这件事，确实有些后知后觉。当一个女人说出“能不能温柔地摸摸我呢”，这句话就失去它的童贞。

大厨的这双手在阿玉的头顶稍做停留，就急切地往下掉。

“就在这里吗？”大厨的声音听上去像蒙着一层棉被，“你放心，我不说出去。”

阿玉也有点着了魔。她任凭这双手牵着，往一个黑暗的地方去。尽管隐约觉得“不是这样的”，还是任由这双手摩挲着。他揉面一样把她揉了一遍。阿玉觉得全身的空气都被狠狠揉了出去，只有张开嘴喘气才能勉强活着。

老实说，这天晚上发生的事情，大厨并不是很明白。他只是隐约感到，安静的女人寂寞起来也是很厉害的。但是阿玉明白了，她早已失去了做一个小动物的机会，也失去了做一个孩子的资格。作为一个大人，要平白无故地向这世界讨一点柔情，原来是很难的。

于是她在紧要的关头逃跑了，顺着异国的街道，想横穿欧亚大陆一直跑回她的家里去。路边仅有商店的橱窗亮着，兀自展示那珠光宝气，锦簇花团，而脚下的路潮湿、阴暗。少女快速地奔跑，与这个美丽又甜蜜的世界擦身而过。欲望还是像风一样灌进她的衣领。一个魔盒还未关上，另一个魔盒已然开启。她想要真正地被爱，并且心中知道这将有多么难。

阿玉回到住处，堂姐没睡，旁边还坐着一尊喜气洋洋的小李。她沉浸在自己的悲喜剧里，几乎把这号人物忘记。

堂姐说："刚才我请小李去接你，你猜他看见什么？"她把二郎腿放下，身体微微前倾，"我知道这里风气是比较开放。但是你姆妈，千辛万苦地送你来，是让你来乱搞的吗？"

阿玉抬起头来看堂姐。长久以来，她不曾好好端详她。堂姐比年轻时胖上许多，穿着宽大的麻布袋一样的衣服，黑色打底裤起了球。她曾是小镇上最时髦的姑娘，是第一个去把头烫成一朵蘑菇云的人。现在她抛弃了那种廉价的花样，将一把长发束在脑后，紧紧扯住不安与疲惫，不让它们显露出来。于是我们看到一张稍有些亢奋的脸，两个眼睛硬邦邦地瞪着阿玉，仿佛在说，你走过的那些黑漆漆的路，我全部走过。但是除了自己好好撑下来，还有什么办法？阿玉在这张脸上看出了几层意思，我们并不清楚。也许她只是看到这张脸有多么像她自己，心中就泛起绝望——假如这就是她未来的样子——得不到一点温柔，也给不出一点温柔。

她用全身最后的力气发了狠，"那么，是送我过来结婚的吗？是为了两家人变一家人，以后进货的时候好多拿点折扣吗？”

说完，她三两步登上楼梯，丝毫不理会堂姐那只直戳她后脑勺的手，那只向小李解释、道歉的手，那只落在她房门上急促拍打的手。

人有几分渴望，就有几分不幸。而人生竟然还很长。

她躺倒在床上，向天空伸出自己的手。这双手在空中悬了一悬，终于轻轻落在她的脸上。像风顺着草地那样，像雪融化在温热的皮肤上，她爱抚着她自己，直到悲伤像两个纤夫，将她的眼皮重重拉上。

等她睁开眼睛，发现自己醒在一个梦里。确实是梦，房间里另外一个阿玉就是证据。只不过那另一个阿玉周身笼罩着一层珍珠色，让她的忧伤有些别致。

“能不能温柔地摸摸我呢？”珍珠色的阿玉说。

阿玉忍不住伸出手来，却发现这双手不属于她。这明明是她的梦，梦中的自己却变成了别人。是大厨吗，是堂姐吗，是小李吗，还是那人？

“能不能温柔地摸摸我呢？”根本不等她分清楚，那另一个阿玉便热切地握住这双手，把它放在自己的头顶。这时候她的眼神也是珍珠色的，眼角带着蚌泪。

阿玉和阿玉这双不知从哪儿借来的手却犹疑了。也许是因为她还从未这样与自己面对面过，也许是这真实的触感不如想象中柔软。况且，什么样的安抚才能配得上那样旷日持久的期待？什么样的温柔才能对得起长此以往的寂寞？她借来的大手一掌就盖住半个脑袋，笨拙地在头顶搔了一搔，揉了一揉，就彻彻底底不知如何是好了。

感觉还可以吗？有没有觉得暖？梦中的阿玉很想问问珍珠色的自己。但是她什么也没说。因为她们心意相通，无法对彼此隐藏失落。因为即使她们心意相通，也给不了彼此百分百的温柔。

世界上天真的安慰最有效，可天真总是越来越少。还有那些被大人们看不起的、轻易获得的快乐。

阿玉醒来了。这次，是在现实中醒来。

小橘和小人儿

⓪

灰色的村庄嵌在杉树林里，像案板上的一条冻带鱼。在鱼头的位置，有一座楔形的屋子，屋子里有一个阁楼，阁楼里有一张床，床的正上方有一个天窗。我就躺在那张床上，我的天窗就是鱼的眼睛。

你看到风中涌动的草地正如你的想象，鹿群、野猪、獾也没什么两样。这是一座废弃的山庄。年轻人纷纷向城市游去，像从深海游向浅滩，然后就被搁在了那里，没有一个人回来。我怀疑他们被改造了呼吸器官，不然为何山中氧气那么丰富，他们却说活着很难很难？

罢了，人间的事情我不明白。我只等我的小橘回来，叫我一声——咪秋！

①

各位，我是一只家猫。活到这把年纪，也是个中老年猫了。这一声“咪秋”叫得我雄风尽失，倒跟个阉猫似的。

“咪秋——咪秋——开饭——啦——”一个老太太缓慢地敲着白瓷盆。喏，就是这个人。她叫我咪秋，我就叫她小橘，大家要嫩一起嫩。小橘的生活非常凄惨，因为她睡得很少，醒着又没事干。睡不着的时候，小橘就数数。床单上有三百七十九朵花，已经被她数出来了。她又想去森林里数数有多少颗蘑菇。后来蘑菇实在吃不完，她就把红豆子和绿豆子哗啦啦倒在一起，数数分别有几颗。据说灰姑娘的后妈就是用这个方法阻挠她去舞会见王子的。可是小橘没有舞会要去。她的丈夫几年前就过世了，几个儿女也留在了城里。不过如果有人因此就说小橘是个孤苦伶仃的独居老人，我是万万不能同意的。我喵，她明明就是我地盘上的女人。

有一天，小橘的女儿突然回来了，留下一个小人儿。小橘愣了好一会儿，我想她是在数她的外孙：一个、两个。总共两个孩子，一下子就数完了，离光荣妈妈差得可远，怎么反倒说孩子太多了？但是当时的法律就是这样规定的。孩子这种东西，有了第一个，就不能有第二个。于是女儿和长孙离开了，母亲和哥哥离开了，留下小橘和小人儿。

后来小橘告诉我，她的人生有两次意外。第二次就是这个小人儿。我喵，那么第一次呢？第一次啊，小橘拿一只手心搓了搓另一只手背，第一次是她在路上捡到了一瓶指甲油。是一瓶透明的指甲油，里面浮着银色的亮片。小橘把这个闪闪发光的东西收进裤子口袋，带着要把月亮收进乌云的那种小心。她回家的时候一直在想，是什么样的人拥有它，在什么样的情形下把它抹上指甲，这双亮晶晶的手又能做些什么事呢？总之不是捡柴，不是挖土豆，也不是割麦子。一个人到了一定年岁，就不太会去过别的生活了，连想象也困难。就像板上钉钉，已经敲进去一大半，拔出来不划算。小橘说，比如咪秋，你能想象狗的生活吗？

开玩笑，我怎么可能理解狗这种拉了屎都不埋的家伙！想当年，我三周就断了奶，两个月学会守地盘，一岁开始发情，到如今漫山遍野的那可都是我亲孙子……小橘可能看出来我有点不高兴，赶紧顺了顺我的毛。

那瓶指甲油在小橘的枕头底下待了几日，在衣柜抽屉里待了几日，又在洗脸池的水泥沿儿上待了几日，终于明明白白地和小橘看清了彼此的多余。她回到捡到它的那条小路上，再用力一掷。指甲油在空中划出完美的弧线，落在某个草丛里，没有声音，也没有水花。抛弃一件你原本就不拥有的东西，大概就是这样的。只要心甘情愿地承认了自己不拥有它，一切就简单了。就像天空承认不拥有大海的盐分，落叶承认不拥有逝去的春天。

这时候，小人儿咿咿呀呀地叫起来了（啧，这孩子中文水平跟我差不多），小橘赶忙去看。她人生中的第二个意外，也是亮晶晶的。亮晶晶的眼睛，亮晶晶的口水，亮晶晶的新的生命。

小橘的少眠彻底变成了好事。因为小人儿随时会哭，随时会闹，而小橘几乎随时醒着。我一睁眼就见到她趴在小人儿的床边，一边喃喃自语，一边痴痴傻笑。

我在村子里到处游荡，对这样的事情见怪不怪了。老人们真是爱管闲事，居然肯抚养这些被父母抛弃的孩子。这要是交给我认识的母猫——但凡是沾染了陌生气味的小猫，二话不说就丢下了，有些体弱活不长的崽子，还很有可能直接被加入豪华月子餐。

我打一个哈欠，凑近了，听见小橘温柔地说："小人儿，快长大。长大了，就可以陪我玩儿啦。"

②

对小人儿来说，小橘大概是会些魔术的，比如她轻轻松松就把南瓜花变成了油炸南瓜花，把一篮小龙虾变成了一盘小龙虾……

小橘呢，她曾千百次淌过了童年时淌不过的那条河，翻过了少年时翻不过的那座山。但是有了小人儿，她的脚步就变得和小人儿一样小，一样跌跌撞撞，她的心也变得和小人儿一样充满好奇。

人们常说猫有九条命，可谁知道续了下一条命，我还是不是原来的自己？要我说，什么也不如重返记忆中最美好的时光，哪怕只有一阵子。身为一个中老年猫，我还是很喜欢按着某个柔软的地方"踩奶"。但是我知道，无论如何都不可能再有香甜的母乳了。我也知道，小橘给我喝的是牛奶。我甚至知道，牛是什么。所以我很羡慕小橘，说返老还童就返老还童了，而且做的还是她自己。

小人儿到了会数数的年纪，小橘就带着他漫山遍野地跑。数一数玉米的穗有几根，数一数小溪里的石子有几颗。跑累了就躺下来，数一数蒲公英的种子，数一数天上的云。

小人儿开始换牙的时候，小橘开始掉牙。两个人嘻嘻笑着，嘴里露出一模一样的窟窿。这时候小人儿就会拍拍小橘的肩膀，说一句："阿婆，没有关系的。我们两个加起来，就有全部的牙齿了！"小橘知道，小人儿说得对。小人儿的牙齿会一颗颗重新长出来，她自己的牙齿只会一颗颗地掉光，所以加起来一定是完整的一副牙齿，而不是两副。

小橘坐下来，旧沙发就一声叹息。这时候没有任何一个年轻的弹簧撑得起她的干劲，于是她瞬间就凹陷了、干瘪了、急剧缩小了。生命正在一丝一缕地逃走，不顾一切地逃走。

"咪秋，过两天孩子他妈妈就来了。如果孩子被接走了，应该是件好事吧……"我听罢，拿尾巴轻轻扫过小橘的脸颊。猫咪的尾巴，做问号也是很优雅的。

不知不觉，约定的日子到了。小人儿一双圆眼睛瞪得大大的。这是他一个小时之内第三十四次问小橘了："妈妈什么时候来看我？妈妈快来了吗？"小橘说："你数到一千，妈妈就来了。"没过一会儿，小人儿又冲回来，"阿婆，我刚刚数到几了？"

不知不觉，夜深了。小橘坐在床上，把小人儿刚洗好的脚擦干。小人儿半闭着眼睛，仍迷迷糊糊地数着"六百八

十一、六百八十二、六百八十三……”小橘不知道怎么和他解释，黄昏的时候他妈妈打来电话说，户口的事还是办不下来，小人儿不能去城里上学了，只能继续寄养在乡下。小橘把棉被小心掖好，再把棉被里的小人儿紧紧搂在怀里。

棉被里爆发出闷闷的哭声，“阿婆，是不是因为我没数到一千，所以妈妈不来了？是不是因为我没好好数到一千，所以妈妈不要我了？”

小橘皱巴巴的脸上，流下弯弯曲曲的眼泪。

③

真正到了上学的时候，这两位又兴奋得什么伤心事都忘了。不得不承认，我也有点被这种氛围感染——这才出现了一个老人、一个小孩和一只猫走在乡间小路上的画面。

小人儿抬头看看小橘，低头看看我，似乎对这支送行队伍非常满意。其实我是有点沮丧的，我感觉自己这么巴巴地跟着，真是跟个狗一样。

学校在山的那头，附近几个村子的小孩都在那儿上学。小橘见到老师，突然像犯了错的少女般不敢直视，仿佛投出去的每一个目光都会实实在在地落到对方身上。“我这个老太婆没什么文化的，”小橘往前拎了拎小人儿，“不过这个孩子，很聪明的，数数可好！”

小人儿倒是自在得很，一路尽说同学的事了。甲村的小强，乙村的小刚，还有丙村的大柱子。

“……而且他们的爸爸妈妈都不在家的！一年才回来

一次！他们都是和爷爷奶奶住的！”小人儿把“都”字说得很重，显然是误以为自己颇是一个幸运的孩子。

小橘轻轻“喔”了一声。小橘小时候，不流行女孩子上学。现在流行上学了，又不流行有爹有妈地上学，说不上来哪个好一些哪个不好一些。说到底都是流行的错吧。

后来，小橘渐渐走不动了，常常要在路边歇脚。这一天，夕阳小心地烧着天边的云，看起来十分美好。小人儿就拿出本子，念起一首老师教给他们的诗。

“我多么希望，有一个门口。早晨，阳光照在草上。我们站着，扶着自己的门扇。门很低，但太阳是明亮的。草在结它的种子，风在摇它的叶子。我们站着，不说话，就十分美好。”

小人儿的语气已经十分有小学生朗诵的腔调，小橘则细细回想着听到的每一个字。两人一时无话。

“阿婆，诗里说的，是不是就是我们的生活？”

“感觉很像。”

“那生活在诗里是不是一件好事？”

“你觉得是不是好事？”

小人儿躺下来。山的后面还有山，云的旁边还有云。这世上能数清的东西，大多都是人造的。比如分分秒秒的时间，比如分分角角的金钱。大柱子打算读完书就跟着爸妈去远方，小刚也要走了，还不知道走去哪里，只是一辈子留在山里就是没出息，所以一定要走。

于是小人儿对小橘笑了笑，“知道是诗，就是好事。不知道是诗，就不一定是好事。”

再后来，小橘再也离不开她的床了。一切就像回到了初始的样子。小橘日日夜夜地躺在床上，来来回回地数她被单上那三百七十九朵花。我趴在同一个窗台上，只觉得她一天一天地变薄了，变远了。只觉得她两个眼窝愈发凹陷，一把嗓子愈发沙哑，看起来越来越像一只受惊的鹌鹑。

小人儿放学回来，就搬一张小凳子，坐在小橘的床前复述学校的课。因为小橘爱听。渐渐地，她什么也听不懂了。但是不影响她爱听。

他一边讲，一边把我抱在膝上。小人儿几乎长成一个大人了，但是他从来不觉得我是只和他阿婆一样老的猫，也从来不明白我眼里的悲怆。

④

小橘的人生的确有两次意外。但是那第一次意外，其实并不像她之前说的。

第一次意外发生的时候，小橘只有十九岁，正是爱漂亮、爱做梦的年纪。她去了一次南方的城里，去看一个在玩具厂打工的同乡姐姐。那位姐姐说，每天在流水线作业，大概要给一千个洋娃娃装上胳膊，日子非常无趣。小橘却觉得她是身在福中不知福。多么时髦啊，一个女工！多么有意义啊，一千个胳膊！在她看来，这些对工作的抱怨不过是炫耀罢了，里面藏着她越来越淡的乡音，藏着她摘下手套后闪闪发亮的指甲。就在这位姐姐的宿舍里，小橘犯下了她人生中的第一桩罪行——偷窃。

那是一瓶透明的指甲油，里面浮着银色的亮片。她把它偷偷拿了回来，藏在床头柜里。她都想好了，等来年过完春节，就想办法托人介绍进城做工人去。就在这个当口，小橘怀上了她的女儿。二十岁的小橘什么都还没有做，就先做了母亲。女儿生下来以后，小橘没有如想象中升腾起伟大的母性，反而一度有绝望的心情。这时候镇上的姑母捎来消息，说希望抱养这个孩子。农村的小孩寄养在亲戚家，也不是什么太奇怪的事了。“何况又是个女娃……你不吃亏！趁着年轻，多出去打工赚钱，也好铆足了劲生儿子啊！”当时的三姑六婆都这么说，抑郁中的小橘便稀里糊涂地依了。抛弃女儿——这是小橘人生中的第二桩罪行。

不知是不是命运的安排，女儿被抱养以后，小橘的打工之路也一直不顺。最后，她只能留在村里，百无聊赖地数着身边的一切，好像哪里真的藏着一千个洋娃娃的胳膊。但是只要一看到那瓶闪闪发亮的指甲油，她就被明晃晃的现实唤醒。是什么样的人拥有它，在什么样的情形下把它抹上指甲，这双亮晶晶的手又能做些什么事呢？总之不是捡柴，不是挖土豆，也不是割麦子。

“再后来……就来了那个孩子。”被小橘抛弃的女儿，又抛了自己的儿子给她。

小橘说起小人儿的时候，脸上浮起甜蜜又苦涩的微笑。她的母爱来得晚了一点，她的赎罪来得迟了一些。更何况，分明是这孩子在拯救她的孤独。分明是这个孩子让她幡然领悟，一天就算能组装一千个洋娃娃，都是假的娃娃。而他们两人一起历数的一切，都是真的生命。会呼吸，会绽放，会延续。

她把童年的秘密通通都告诉小人儿，于是童年也秘密地回到她身上。但是无论她如何掷出那瓶罪恶的指甲油，它都不会回到那个南方的工厂宿舍。无论她付出多少爱，那些爱都无法回到当年那个被抛弃的孩子身上。

一个人重温生命中美好的时刻，大概是可能的。但是与此同时，她也不得不重温美好时刻是如何结束。

“我应该也没多久可活了。”小橘接着说，“太晚了，一切都不来及了。我这一辈子，居然一件事情也没有做对。”

“咪秋，等我死了，我们就永远地分别。我犯的罪孽那么深重，一定不会去天上了。”小橘轻轻拍了拍床，像是暂时不想惊动地下那千丈万丈的深渊。

我很想跟她说，我这一辈子玩死过那么多鸟，也一定不会去天上了。但是你们也知道，我能说出口的听来听去就是那么几个字——

喵。喵呜。

⑤

小橘死了。

是自然死亡，也就是人们说的阳寿已尽，整个过程没有痛苦，非常安详。按照农村的规矩，屋子里狠狠地布置过了，门口摆了流水席。人人都说小橘有福气，得了孝顺子女，还有懂事的大孙子。

小人儿站在角落，看着躺在屋子中央的小橘。她身上盖着一床棉被，写着大大一个“寿”字，不管怎么数都是一个字而已。他很担心，没有了被单上那三百七十九朵小碎花，小橘会不会很寂寞?

我塌着腰，穿过陌生的人群，在小人儿脚边绕来绕去。“喵喵，喵，喵呜！”我的意思是，快跟我来。

等小人儿回到主屋，丧乐队的人已经嚎成一团，来访的宾客发出可怕的哭声，来送小橘最后一程。

小人儿向小橘深深地鞠了三躬，就大步走向前，掀开了那条寿被。屋子里一时鸦雀无声。

他握着那只冰冷僵硬的手，小心翼翼地拿出了一个瓶子。那是一瓶透明的指甲油，里面浮着银色的亮片。因为在太阳下亮晶晶的，被我无意中发现后就宝贝一样藏在门口的花瓶里了。

小人儿有些笨拙地为小橘涂上指甲油。不，他看起来是个大男孩了。在他心中，没有愧疚，没有罪孽，更没有什么始作俑者、爱恨轮回。阿婆就是那个深深爱着他的阿婆罢了。是那个也有些孩子气、有些爱漂亮、喜欢照顾他也喜欢依赖着他的小橘罢了。

于是，故事的最后，小橘像她梦想中的少女那样死去了。指甲油涂得太晚了，这双亮晶晶的手什么也做不了了。赎罪的机会来得太晚了，大半辈子都在愧疚中度过。醒悟的时刻来得太晚了，浪费了身边如诗的生活。但是有什么关系呢?

那个她深爱的小人儿轻轻对她说：“对不起，阿婆，是我来晚了。”

最后一个五仁月饼

①

茶几上有一个碟子，材质和花色都看不太清。碟子上有一个月饼，是这整个房间里的最后一个。

我之所以这么确定，当然是因为，我就是那最后一个月饼。

我等待这个时刻已经很久了，足足有九九八十一天。再不吃，我就要过期了。

事实上谁也不知道过期了会发生什么事，可能突然就不软了（不软会不开心，严重变硬会导致抑郁），也可能什么也不会发生。大家都把包装上印的这个日子看得太重要了。我觉得过期不可能是一夜之间发生的，就好像一对乳房，大多是慢慢下垂的。只不过总有一天，蓦然低头，发现它们（如果够大的话），突然就垂到了肚脐眼。

又好像一个肚腩，大多是慢慢肥硕起来的。只不过总有一天，蓦然低头，发现居然看不见自己的脚面。保质期就是这样一个蓦然低头的日子，要看得淡一些。

对我来说，“那个时刻”显然更加神圣。

原本我只是几百公斤面糊中的几克，由一个机械手臂搅拌均匀，由另一个机械手臂精确挤出，来不及看清楚包上了什么馅儿，就被推进火炉烧制。

刚进去的时候我隐约感觉身上有图案，还以为自己是个陶罐呢，结果居然是个月饼——还好是个月饼啊——我松了一口气，毕竟陶罐碎了就不能吃了。听说有一些陶罐什么也不干，就是待在架子上，被人家看着摸，摸着看，一辈子都过得非常尴尬。作为一个月饼，存在的意义就是在中秋节的时候被吃掉。我很喜欢这种明确。

这几个月来我坐过卡车、坐过飞机、被人包过（邮），被人暴力分拣，但是我的天空永远是闪亮的银灰色，大气里充满了花生、芝麻、核桃、瓜子和杏仁的鲜甜。隔壁有一些酥皮月饼忍耐不住，不停地掉屑，而我则坚挺着、等待着，不轻易破碎。

毕竟，我和那些脆弱的家伙不一样，我的心里有许多种子。不管人们到底有多想把月亮吃掉，也不管月亮里是否真的包着莲蓉、云腿和咸蛋黄，我心里埋藏着许多大地的种子，我就想做一片大地。这么说来，我是一个有理想的月饼，起码是有些浪漫的。

但是理想总是很难实现，浪漫经常是难以消化的。前者是太遥远的梦，后者是太密集的热情。在我短暂的生命里，听过许多流言蜚语，说我们五仁太甜、太腻、太恶心。我想是人们早就习惯了平淡的东西。偶尔有一个人想干件壮烈的事情，周围的人都害怕极了，劝他细水长流些吧。他们见到葱油饼都发自内心的高兴，因为它只散发香气，不给人压力，简直可以天天当早点。吃我这样一个月饼，需要时机和勇气。一年吃一次就够了，一生死一次就够了。平淡是真，浓烈难道就是假吗？玫瑰可爱，玫瑰精油就可憎吗？我不是葱油饼，也从来没想过要做一个葱油饼，我只求一个光辉的时刻而已。

如果要说期待，我期待能被吃得干干净净。如果要说奢望，我奢望掰开我的那个人，在看见那些无法发芽的种子的时候，能短暂地想起一片柔软的生机勃勃的土地。

“然而大多数的月饼不过是被打入一个华丽的冷宫，慢慢发霉罢了。”超市里的散装月饼总是见多识广，它们大概是觉得我太傻，常常忍不住说些风凉话。后来，也有一些年轻的被说得心灰意冷，干脆逐渐放弃了对“那个时刻”的等待，专心发霉去了。

“世界这么大，我只想待在盒子里，哪儿都不去。”

“发霉真的需要氧气，来成全我和你。”

“无痛发霉，只要三天。”

它们一边嚷嚷着，一边想方设法地往货柜深处钻。

遇到一群胆小鬼，祸兮？福兮。

突然有一天，我发现自己被这些家伙推到了最显眼的位置。突然有一天，命运般地出现了一个女人。她左转转右转转，决定放弃选择——每种口味的月饼都买一个。

和精准的机械手臂相比，那真是一只犹疑的手，它摸摸索索，它温温热热，它终于抓起我。塑料包装被捏得哗哗作响，我的心也跟着颤抖。要去人类家里了，一个真正的人类。她有两排身经百战的牙齿，还有一条温暖的食道。我将在那里完成使命，也将在那里上路，开始一段未知的旅程。

“那个时刻”很快就会降临。

②

茶几上有一个碟子，材质和花色都看不太清。碟子上有一个月饼，是这整个房间里的最后一个。

阿芝之所以这么确定，当然是因为亲眼看见女主人笑盈盈地倒空了一袋月饼，又亲眼看见众人在谈笑间不断伸手去取。开始的时候总是最自然的，阿芝赶紧趁乱拿了一个。

“真是让人想起小时候啊。”她心里想着。可惜这句台词已经由一个活泼的家伙手舞足蹈地说了出来。

“突然有了家的感觉！”有人不甘示弱。也是，女主人为了犒劳这些漂泊的年轻人，亲自下厨做了晚餐，还贴心地准备了时令点心，自然怎么奉承也不为过。于是大家都一边品尝一边露出了慈祥的笑容。

阿芝咬一口豆沙，瞥到一派祥和之中，小 A 和小 C 默默交换了一个眼神。阿芝进社会三年了，还是无法参透这个眼神的意义。就像小 A 和小 B 曾是闺蜜后又反目成仇，就像小 C 和小 E 互相抢彼此的业务，就像小 D 和某大领导的亲侄子分了三次手，当这些消息传到阿芝耳中，事情往往已经过去了半年之久。阿芝常常怀疑自己其实是被孤立了，但是要验证这件事，恐怕也要等上六个月，甚至更久。

中学时期的阿芝就不是一个受欢迎的人。当然，这也是阿芝偶尔回忆青春往事的时候，后知后觉的。那时候几乎每个同学都有外号，而且逐渐统一成了动植物的名称。整个班级生机勃勃的程度，相当于一座原始森林。只有阿芝没有外号，大家都老老实实地叫她的名字。她像一滴油脂，漂浮在湖水之中。班主任发觉阿芝不参与“小团体”，也不偏袒任何人，顺势任她为班长。从此以后，大家连她的名字也不叫了，只喊她“班长”。作为行走在原始森林里唯一的人类，作为潜伏于喧闹少年之中成年人的助手，阿芝彻彻底底地变成了一个异类。

最要命的是，她对此毫无察觉，甚至还有点享受。一个人行动最自由，想做什么就立刻去做，不用等人，也不用被等。阿芝逐渐像一阵透明的风。

同事们渐渐聊开了，拿食物的节奏就慢慢缓下来。阿芝还想拿一个月饼，但是眼前还有很多技术问题要解决。就伸手的时机来说，最好是跟在某人后面，就像是突然被提醒了“还有吃的”一样自然。或者是在别人说话的时候，一边附和一边拿，保持轻轻点头的姿态直到吃完，让人分不清你到底是因为同意别人的话而点头，还是因为太好吃了。

到底是什么时候开始在意别人对自己的看法的呢？大概是阿芝回想起那个被当作“异类”的自己，觉得有一丝可怜的时候。当什么“异类”啊，单纯地当个“异性”该多好。另一个原因说出来不好意思，是因为懒得为自己解释。

刚刚入职的时候，阿芝耿直地相信了欢迎会上的那句“大家都是亲人，大家都是朋友”，耿直地把自己的三观摊出来晒了又晒。然而，接下来的三年让阿芝逐渐相信，“同事”是和“邻居”比较相近的一种生物，有的是静香，有的是胖虎。而且就算是温柔如静香，也难免有无法沟通的时候。有的静香三句话里有五句在扯妈妈经，有的静香扑闪着水灵灵的大眼睛问阿芝，一个女孩子，怎么能独自去看电影？

阿芝只好想了一个万全的办法，就是像一团空气，不引起任何人的注意。不怎么出众的外表，这时候倒是成为一个“隐形利器”。

就这样辛苦地吃到最后，终于迎来了一个更尴尬的时刻。

碟子上只剩下最后一个月饼了。那是一个五仁月饼。它闪着油腻腻的光亮，印堂却隐隐泛着黑，一副焦灼的样子。就连“皮薄馅儿大”这样的广告词配上它，也让人一口噎住。所有人都小心翼翼的，眼神射来扫去，避开茶几上的那个碟子。他们互相观察着对方的上半身，表现出对谈话内容饶有兴致的样子，心里通通想着，怎么回事，怎么偏偏剩下一个五仁的？

对阿芝来说，与别人对视太具挑战性，还不如直接盯着月饼呢。五仁月饼的心事密密麻麻，和她一样。被丢到一边冷落着。

如果独自看电影的女孩算是怪人，独自吃掉一个五仁月饼的女孩又如何？

③

茶几上有一个碟子，材质和花色都看不太清。碟子上有一个月饼，是这整个房间里的最后一个。

阿芝盯住月饼很久了，我也盯住阿芝很久了。我一点也不害臊，因为我还年轻，被逮住羞辱一顿也没什么。不过有一种人我还是怕的，他们常说要磨磨年轻人的棱角，却并没有医生执照。我可是长着一张标准的国字脸，要磨也要去韩国磨。

早在进公司以前，我就在电影院遇到过阿芝。因为不愿意迁就别人的喜好，更不热爱讨论剧情，我常常一个人去看电影。那天，影厅的灯光已经转暗，我听见一个弱弱的女声一路跌跌撞撞说着“不好意思”“对不起”。她艰辛地挪到我旁边，带着清爽的肥皂香味，还用柔软的长裙轻轻掠过我的膝盖和小腿。要不怎么说男人是感官动物，这样的声音、气味和触感，无疑是向我打出了一套组合拳。她越过影厅里一个又一个座位来到我面前，令我想起高中喜欢过的一个女孩——她穿过教室里一桌又一桌的人，把一本练习册狠狠地摔在我的桌上，便一言不发地走了。我早就忘了那本练习册的内容，也记不清那女孩生气的理由，记忆里只剩下她起伏的步伐、快要散落的马尾和怒气冲冲的脸。这样的瞬间也许说不上是爱情，但是它一旦发生了，就和其他匆匆流逝的庸碌岁月形成鲜明的对比。

那天，我是一个人，她也是一个人。我们俩偶然地坐在一起看了一场电影，没有爆米花，没有可乐，有那么几次，我忍不住侧过头看看她抿起的嘴唇。

再一次遇见她，是进公司的第一天。带我的前辈偷偷和我说，有位阿芝老师喜欢独来独往，不喜欢聊天。我还以为会碰到多么严肃的女同事，没想到居然看到她，她抿着嘴的侧脸瞬间把我拉回在电影院相遇的那一天。

我每天坐在离她不远的位置，勤勤恳恳地扮演着一个后辈。经我观察，在办公室的女同事们看来，她无疑是个怪人。她对流行的款式漠不关心，对新鲜的词汇一概不知，对火爆的节目不感兴趣。当她们看《金枝玉孽》的时候，她在看现代人类学奠基之作《金枝》；当她们在团购香水、粉底的时候，她说要攒钱买天文望远镜；当她们围着迷你小狗花枝乱颤的时候，她怯怯地晒出一张蜥蜴的照片。有次开会，老板提出一个方案，所有人都动用储备良久的词汇交相称赞，这时她把头埋在A4纸里，淡淡说出一句："这样预算会有问题。"

不过真正令我记忆深刻的，也许是另外一个瞬间。那天我鬼使神差地早到了半个多小时，远远看见她在给办公室里的绿色植物浇水。她高高举着那个沉重的水壶，微微踮着脚，像一个笨拙的芭蕾舞演员。她一株一株浇过来，每浇完一株就轻声说一句"好了"，像对待一个个孩子。我手里拿着半个包子，迟迟不敢踏进这个画面。

如果这样一个人与世界格格不入，我愿意与她站在一起，投诉这个世界。

④

茶几上有一个碟子，材质和花色都看不太清。碟子上有一个月饼，是这整个房间里的最后一个。

男孩盯住阿芝很久了，而阿芝盯着月饼，不小心形成了一条食物链。假设这一群人是一盒什锦月饼的话，男孩大概是榨菜鲜肉里的鲜肉，阿芝大概就是五仁馅儿的那一个。

五仁月饼难吃，不是不好吃，是不容易吃。因为不讨好，所以被埋没；因为难消受，所以被搁置。五仁月饼里头包了很多种子。心里有种子的人，也有的是沃土。他们是像大地一样的人，沉默，缓慢，丰盛。而人们习惯了把家里打扫得一尘不染，逐渐以为泥土是脏的。

沉默寡言的人，也许是不愿意被粗暴拆开的礼物；复杂难解的心，其实在等待一个耐心打磨钥匙的人。

孤独很难，要维持住孤独者的尊严更难。一个人吃饭，要吃得比两个人更开心。一个人回家，要走得比两个人更安心。一个人旅行，要玩得比两个人更省心。一个人被剩下了，也要左手握住右手，也要蹲下拥抱自己。

但是再孤独的星球，也有它自己特别的引力。再漫长的等待，也会迎来结束的那一天

男孩拿起被剩下的月饼。扯开包装，把它掰成两半。

一半（帅气地）塞进嘴里，一半（帅气地）放回碟子

里，递给她。

此时阿芝终于看清了，茶几上的碟子，是一个工艺繁复得有些滑稽的杂色碟子。有半个五仁月饼，如男孩温柔的笑脸，就这样踏着七彩祥云而来。

限行时期的爱情

每天早晨我都要上秤，因为这决定了我能不能出门。

众所周知，汽车尾号限行已经不能解决城市拥堵问题，于是我们想出了更伟大的办法——限人。但是人毕竟不是一串数字，没有单双号。有人提议根据单双眼皮来限制出行，很快就被否决了。反对派只提出了三个问题：看起来很单的内双怎么监督管理？眼睛一双一单是否会成为特权阶级？拥有三层眼皮的人到底是算双眼皮还是单（数）眼皮？

这么看来，上秤还是有上秤的优越性。十八岁以上的成年人，以十公斤为区间，每日轮流限制出行。比如今天的街上也许充斥着穿S码的人，明天又忽然都是M。但是由于只看体重这一项指标，男的、女的都有一点儿，高瘦的、矮胖的都有一点儿，好看的、不太好看的都有一点儿，健全的、不太健全的都有一点儿，一眼望过去挺什锦的。

我对这事很有发言权，因为我是一个公交车司机。每天不是看路，就是看车，不是看车，就是看人。我们七十公斤级的车厢是一派祥和的，男女老少看起来谁都能打得过谁。换成重量级特别低或者特别高的就比较痛苦。一堆瘦子挤公交车硌得骨头疼，一堆胖子挤公交车则苦了售票员的嗓子。每到一个站，售票员就要大吼，来来来，上客了上客了，大家吸气！

我的售票员叫小包，然后她也是我的女朋友。这句话体现的主要是时间顺序。也就是说，她首先成为了我车上的售票员，然后勾引了我。朋友们，这并不容易。小包只有一米五五，历经千辛万苦才增肥到和我一个重量级。据小包口述，有时候她的体重实在不够，每天灌下去一公升的水才能勉强出门，而这一切只是为了见到我。我很感动，也很震惊。公交车的工作时间决定了我们没有很多上厕所的机会，行驶起来的晃动以及高峰期乘客的挤压也十分影响憋尿的效果，而小包的膀胱居然扛住了这种种压力。这让我觉得她肯定是一个非常内秀的女人。后来我们终于躺在了一起，我最喜欢做的事情就是趴在她的身上，听她心脏跳动的声音、肠道蠕动的声音。无论脂肪层变得多厚，这些声音都清晰、坚定地传到我耳边，带给我力量。

我和小包出门的时候，总是能吸引很多艳羡的目光。因为我们看起来是那么的和谐：我牵着小包，就像提着一只旅行包，我把她背在背上，就像背着一只双肩包。不是说我物化了小包，而是她已成为我最重要的随身物品，里面装着我的钥匙、钱包、银行卡、存折。每当公交车上的那句“请保管好您的随身物品”响起的时候，她就向我投来甜蜜的目光。

可是好景不长（作者们想不出怎么转折的时候就喜欢写这句话），突然有一天，我发觉我牵着小包的时候不再像提着一只旅行袋，而是一只大容量拉杆箱，还是转向轮失灵的那种。我和小包说“这边这边”，回头一看小包还气喘吁吁地待在那边。

原来小包孜孜不倦的增肥计划终于有了成效。爱情的力量让她突破了基因给她设定的重量级，轻轻松松超越七十公斤，开始向八十公斤迈进了。

高峰的时候，乘客们怨声载道。一位北京的乘客首先发言：“您一位就把车塞满咯！”一位四川的乘客附和道：“好恼火哦，老子都过不到咯！”我置若罔闻。毕竟我在一个虚拟的城市开公交车，乘客们都是作者随口瞎编出来的，我管他们做什么？我只知道我是一个公交车司机，我的女朋友是小包。我有一辆公交车，还怕塞不下我女朋友？

况且高峰就像高潮一样，总会过去的。我的车一到下午三点就开始变得空旷。有时候上车的仅有几只蜜蜂罢了。小包和蜜蜂说，等油菜花谢了，还有别的花，真羡慕你们啊。我和蜜蜂说，我这一站就要开一公里，很远哦，你们早点下车好不好。小包嘻嘻笑起来，说我很傻。小包说我傻，就是说我可爱的意思。我很不介意做一个七十公斤重的可爱男人。“出去吧，出去啊，去采油菜花。”小包伸出胖胖的手把车窗摇下，车子就往小包那边一斜。人们常说女人是港湾一般的存在，我觉得她就像我的锚一样。

我的小包，是用脂肪和糖做的锚。她侧着身子一步一步下车了，我就回到岸上。公交车的终点站在城市边缘，荒无人烟。我们挤进小小的管控室吃盒饭。小包把摞成一叠的不锈钢饭盒一层一层打开，食物的香气升腾在我们俩中间。小包有点不好意思。她说，你有没有发现我越吃越多了？我说，吃饭的时候不要谈心。

我没有告诉小包，我唯一擅长的事情就是接受一切。每当老天给我一个太大的任务，我就把它切成小块慢慢咽下。小时候我觉得跳绳的那一分钟太漫长了，就闭上眼睛从一数到十，再从一数到十，再从一数到十。后来我觉得开长途太遥远了，就选择开公交车。你看看，过一公里就到站了，再过一公里又到站了。时间、空间的概念太过高深，我这粒微尘配不上，地球、银河系都未必配得上。对我来说有意义的不过是它们的刻度。我很喜欢当时间的刻度是一秒钟的时候，更喜欢当一秒钟也被分成“滴”和“答”两个部分的时候，没有道理我在“滴”的时候还在爱着某人，而在“答”的时候就不爱了。我很短暂。所以我只有在短暂中，才能接近永恒。小包一定觉得我的爱是盲目的，起码不怎么理智，事实却恰恰相反。因为她的体重对我来说也不过是一个刻度，我能接受七十公斤的小包，就能接受八十公斤的小包。否则我就是不讲道理。

我温柔地看着小包吞噬食物。小包吞噬食物，那些食物再变成脂肪来吞噬她。我想到那增加的公斤数变成了小包的“包中包”，就忍不住笑起来。小包从食物中抬起眼睛看我。我发现她的眼睛像一块海绵蛋糕上嵌了两颗蜜渍的红豆。她不知道我为什么笑，也不知道我会一直这么温柔。没有让她知道这些事情，是我的错。

由于作者想象力的限制，我不得不非常俗气地在某一个凌晨醒来，用手掌摸索床铺发现身边没人，然后循声在卫生间找到正在干呕的小包。当然，现实和影视剧套路还是有些不一样，现实里所有难堪的画面全都一刀未剪。比如我和小包都穿着粉紫色的秋衣秋裤，像两根过期变质的香肠，而且我开始脱发了。当然，我会不合时宜地注意到自己的发际线，是因为我看了马桶里的呕吐物一眼。为了避免自己跟着反胃，我把视线挪开，恰好就看到镜子里自己的脸。

“你怀孕了？”我说得像个深沉的话剧演员。

“不是……咳……比那更严重的……”小包连着抽了十张卫生纸擦嘴擦脸。

“你……要死了？”我一边说一边忍不住观察了自己的抬头纹。

“比那……更严重……”小包突然出现在镜子里注视我，“我超过八十公斤了。”

我们真是一对丑陋的情人。我们除了抱头痛哭别无选择。

第二天，小包送我出门。她吐了一夜，还只穿了一件薄薄的灯芯绒衬衫过秤，然而显示屏上的数字还是毫无怜悯。所以我们说机器是冰冷的。此时一个足够温暖的机器应该直接自燃。

我把小包揽在怀里，摸摸她毛茸茸的头，“少吃……”

小包呜咽一声。

我补充：“多餐……”

据说一个体形瘦削的成年人体内有大概四百亿个脂肪细胞，而一个肥胖者则有前者的两到三倍。如果这是真的，就说明限行的其实不是人，而是脂肪细胞。我不明白，人的指标那么多，为什么偏偏就限制这一个。我觉得智商就是个挺好的选择。这样某一天，聪明人都乖乖待在家里，傻逼们在街上互相指认——“大傻瓜”“小笨蛋”——想想都很浪漫。

他们临时安排给我一个售票员，是个一米八的小姑娘。由于不是什么重要人物，作者连名字都没给她起一个。她像一把剑一样悬立在我脑袋的右后方，乘客们也纷纷侧目。我猜想她出现的意义就是和小包形成鲜明对比，让她又有点羡慕，又有点怜悯。毕竟她们的体型都有一点点特殊。这实在太坏了。因为这仿佛是在说：一个小姑娘不高不矮不胖不瘦，才是正常的小姑娘。我觉得最符合这个标准的只有一个人，就是女厕所门口的那个标志。

这一天是没有小包的一天。我收完末班车回家，两手插在口袋里摇摇晃晃地走着，心中想着一些国家大事。毕竟我是个男人，不能总是想女人。结果远远就看见小包在小区门口等我。天气已经冷了，小包的上空时不时地浮起一缕白气，让她简直像个刚出笼的大包一样新鲜又暖和。我跑过去说，你怎么来啦？小包说，已经过了凌晨了！今天我不限行了！我看出来她甚至化了妆。我想她主要是跑出来迎接自由的，顺便才来迎接我。于是我们在凌晨的小区花园里散步，走完水泥路，走鹅卵石路，把中老年人健身之路都走了一遍。我知道一个人很难真的把软禁日当成假期来过，至少比两个人的时候要难很多。小包找到了阿姨们很喜欢拍打的那棵树，兴奋地在树干上摸来摸去，还问我真的有保健功能吗。我想起来我小时候每次被老师留堂之后，都会想方设法在街上多闲晃一会儿。我把她的手从树上拿下来，把上面干燥的树皮搓掉，跟她说，好了，我们回家了。

小包正式开始减肥大概是在她挤了一天八十公斤级的公交车以后。这没有办法，毕竟她是公交车的售票员嘛。她说，那场景你能想象吗，就好比一杯珍珠奶茶里面，没有奶茶，只有珍珠。我想象了一下，问她觉得珍珠们快不快乐。小包说，快乐是快乐，不过是那种“你敢说我不是真的快乐我就哭给你看哦”的快乐。

小包想拿出当初勾引我的那劲儿来减肥，问题是现在她已经有我了，那劲儿就没有了。那劲儿没有了，我们现在是靠什么一起过活儿？

“惯性吧。”小包说。

“质量越大，惯性越大。”小包又说。

此刻小包的身体里起码有着上千亿的脂肪细胞在嗷嗷待哺，这可不是轻易能解决的事。而且据说一个人如果暴饮暴食，体内原有的脂肪细胞就会一直膨胀，还会向附近未成熟的细胞发出信号，让它们制造出更多的脂肪细胞。这样看来，确实是小包的错。她太膨胀了，而且很不成熟。

小包越是心急，情绪越是低落，胃口反倒越来越好。她每次大吃大喝之后，就陷入强烈的否定之中，不光否定自己，还否定我。我把我从网上看来的科学道理一条一条讲给她听，她的头点着点着就摇起来，还问我会不会不再爱她了。

我实在没有办法，只好叹一口气说："算了。"

小包的瞳孔登时放大。

我补充："你就维持现状吧，我来。我来增加体重到八十公斤。"

接下来的日子，小包像喂猪一样喂我。当然，我更愿意说，小包是像喂儿子一样喂我。只是我这个儿子再也回不到青春期了。我开始怀疑所有青春穿越片的合理性。别的不说，穿越回去以后你妈做的饭你都吃得完吗？我的胃里沉甸甸的，像长了块石头，面儿上还得展示我的男子汉气概。小包指到哪儿，我就吃到哪儿。到最后已经不是在用嘴巴在吃，而是用喉咙在吃，尽量发出一些西里呼噜的声音。小包听到这些声音就比较满意，认为自己工作做到位了。其实我就像一台效率低下的吸尘器一样，只是做些表面功夫。

但是车一颠簸，简直就像是要从我胃里的大石头里蹦出石猴来，大闹五脏六腑。我怀疑我多按了好几次提示"车辆行人请注意"的喇叭，多多少少是有点求助的意思。总算挨到终点站了，一米八（她现在成了我的固定售票员）目瞪口呆地看着我把高高的一摞饭盒在她面前挨个拆开。我舔舔嘴唇，拿手胡乱一指，"这些都是嫂子给你做的。她这个人吧……"我想了一下，"特别热情好客。"

后来我把我和一米八没吃完的大部分剩菜都喂流浪猫了，留下小部分回家给小包交代。再后来，我开始赖床，一边嚷嚷着“来不及了来不及了”，一边把早饭放在塑料袋里打包带走。终点站的猫被我养得异常壮硕。它们很喜欢土豆牛肉，但是完全不碰四季豆。小包接过空饭盒，挨个观察。她说：“没想到你这么喜欢吃土豆牛肉，以后多给你做做。”我嘴上应着，赶紧从厨房溜走。

每天早上我都要上秤，因为这不只决定了我能不能出门，还决定了我能不能和小包一块儿出门。

在胡吃海塞了半个月之后，我的体重只是从七十三公斤变成了七十四公斤。小包改变了喂养我的策略。她说之前给我准备的饭菜都太健康了，应该多来点儿炸鸡、可乐、红油面条、黄油曲奇、奶油泡芙。她补充，还有很重要的一点就是要一直坐着，不要动。我说我是一个公交车司机，从起点站坐到终点站，再从终点站坐到起点站。谁坐得比我更多？

小包带着我去吃她钟爱的各式小吃。以前，她为了我增肥。现在，我为了她增肥。想想还是有点浪漫的。小包回忆起过去，说她认识我之前其实也不瘦，有将近六十公斤。于是我也回忆过去，说我认识她之前，就是七十三公斤。小包突然变了脸色——那之前呢？七十三公斤。大学的时候呢？七十三、七十四吧，那时候胖一点。高中的时候呢？七十、七十一吧，那时候辛苦一点。

我把手上的蛋挞吃完，又接过小包手上咬了一口的蛋挞。酥皮和沉默同时掉了一地。

回到家，小包非常罕见地叫了我的全名。然后她说，你现在就上一下秤吧。

我大概知道小包为什么不开心，也大概知道怎么让小包变开心。我摸摸殷实的肚皮，信心满满地站上去——我从七十四公斤，又变回了七十三公斤。

七十三。我没想到一个数字会让我变得差点妻离子散。我说“差点”，当然是因为我和小包没有儿子，我们甚至连婚都没有结。我说我要是现在跟你求婚是不是太草率了？小包捶了我一拳，把我打倒在床上。我们一起躺倒在床上，盯着正在霉变的天花板。生活会变好吗？谁也不知道。但是世界好像一直在变得越来越荒谬。我把小包的手拉到胸口。我说，好了，我们结婚吧。

荡秋千明明是成人游戏

星期五下午六点十三分，我坐在公园荡秋千。一个男人走过来说，这里有人吗？我很久没有被别人搭讪了，但我仍有一点关于搭讪的常识。一般这样的搭讪发生在咖啡厅或者候车室，而不是在一个荒凉公园的秋千上。虽然这个秋千很长，放下四个小朋友的屁股完全没有问题。这也是我敢坐在这上面的原因：我算过了，我的体重应该没有超过四个普普通通的小朋友。何况秋千的设计者也应该考虑到超重小朋友也要玩秋千这件事。所以我抬头观察了一下这个来搭讪的男人，以判断我们两个人的体重是否会超过四个普通或超重小朋友的体重。如果两个成年人把秋千玩坏了，是很丢脸的。如果是两个异性的成年人，人们就忍不住要想我们是不是在秋千上做了什么别的游戏，那就更糟。

于是我问男人："有什么必须让您坐下的理由吗？"说完我就后悔了。我只是路过了这个公园，在这里完全没有半点童年回忆，更说不上拥有这个秋千某个时段的使用权。他们说我有时是很咄咄逼人，看来没有说错。我想跳起来把我刚才说的这句话擦掉，又一下子发现其实我根本没有把话说出口。我只是用从眼神里放射出精光的方式询问了他。然而现在已经入冬了，天色像快要煮干的红烧肉汁一样沉淀下来。男人可能根本没有看到我眼睛里射出来的精光，只是看到我点了一下头。但是他怎么会知道，我点头不是为了回答他的问题，而是为了同意那句"他们说我有时很咄咄逼人，看来没有说错"。

照我看来，人与人的时差就是这样产生。第一次见面的人尚且如此，认识了以后又分开，分开以后又再见面的人的时差，我简直不知道用什么单位去计算。有一次我约一个朋友在一年前见过面的茶店喝茶，她却说那不是个好地方。我想我们的时差起码有一年。我怀着一年前的心情去见了这位来自未来的朋友，发现我们的过去已经聊得所剩无几。时间坍塌了，那间茶店也不知道什么时候就会倒闭。还有一个朋友，每每在我醒着的时候，他就想睡我。我想睡的时候，他又不见了。我也说不清楚我们之间差了多少时间。可能是一昼，也可能是八辈子。

男人坐到我旁边，向我传来男人的气息。他不是故意的，就像花也不是故意在春天的时候从土里伸出它们的生殖器。天彻底黑了，这股气息就更加浓郁。如果可以，我当然希望自己能散发出一些讨人喜欢的味道，这样我本人就不用太为此努力。有一次我买回一瓶名叫“礼拜天”的香水，在工作日喷着它去上班，试图迷惑老板和同事，但是他们显然更相信手机、日历、广播、电视，报纸和所有其他东西。后来，我的气味就从“礼拜天”变成了“忘记喷香水的女人”和“不再相信香水的女人”，简称“忘记”和“不再相信”。怎么说呢，希望总有让人付出代价的时候，绝望却一直是免费的呀。这时候我注意到男人穿了一双“一脚蹬”的鞋子。然后他就一脚蹬了起来，像是为了成全我脑中的文字游戏。原本我是毫不介意和一个陌生人共乘一部秋千的。因为这就好比坐电梯，我在里面按下三楼，这男人不过是走进来按了五层。但是当秋千荡到更高处，一个崭新的空间就产生了。我和这个男人在一样的速度和节奏里，没有办法独自离去。我想到了一些很色情的东西，忍不住有点害怕。因为如果他也想到了那些东西，我们之间不仅没有任何距离，就连“时差”也没有了。

我得想一些更奇怪的事情，以免思维被他人过于接近。于是我的脑子里出现一个色情骰子，上面画了六个做爱的姿势。它不仅发出淫光，也发出荧光，以便情侣在不开灯的房间也可以看清。我接下来开始想象使用这个骰子的情侣，主要是那个带骰子来酒店的男的——中学的时候，他用橡皮切割了一个完美的正方体，分别写上 A、B、C、D、“再投一次”和“再投一次 2”，结果在刚要进考场的时候被抓了个正着。老师说这场考的是英语，有字母的东西都不能带进去。所以等他交了女朋友以后就立刻买了这么一个骰子，以填补童年遗憾。但是不管怎么说，和这个男人做爱就像练习花样滑冰，姿势比任何别的事情都重要一点。然后我开始想象跟这样的男人来酒店做爱的那个女的——因为想到了花样滑冰，她只好穿着一件有小小裙摆的紧身连体衣，并且看上去很兴奋的样子。不过她心里只喜欢一个姿势，所以其实那个色情骰子的其他面向对她来说都是“再投一次”。那个姿势说起来也很简单，只要别脸朝着脸就好了。人的身体长得很简约，唯独脸上的东西太多了。眼睛、眉毛、鼻孔都成双成对，嘴巴里还藏着肥厚舌头和一堆牙齿，满满当当，乱七八糟，简直是个 KTV。于是我幻想中的这个女的，总是喜欢把别人的脸想成一个包间。她第一次见到她男朋友就忍不住觉得这个脸长得很豪华：空间很大，但是也放满了皮质家具，尤其是沙发（嘴唇），看起来很柔软的样子。如果什么时候这张脸给她一种家的感觉，她大概就可以和这个人结婚了。只是这张脸激动起来就难以自持，所有东西七歪八倒，像经历了一场剧烈的地震。于是她每次做爱的时候，就忍不住要去想：人在欲望中的面孔，还不如一个在欲望中的屁股好看。

最完美的做爱姿势，应该就是像现在这样并排躺倒在一个秋千上。两个人都不看彼此的脸，只看着眼前的欲望，像看一部电影一样。再具体一点来说，是看着人类历史上第一部电影——《火车进站》，很突然，很短，很猛烈，导致许多人都落荒而逃了。当然，这个并排的姿势在物理上并不能实现。除非他们不是在做爱，而是在自慰。想到这里，我脑海中的男女立刻平平整整地躺好了，在棉被里偷偷抚摸自己。过了一会儿，这个男的把手伸到他女朋友那里去了，嘴上说着“我来帮帮你”。又过了一会儿，这个女的也把手伸到她男朋友那里去了，嘴上说着“那怎么好意思呢”。手臂和手臂交叠着，像是努力要把对方拨动。两个人咬紧牙关，热火朝天，发出恰到好处的喘息。秋千越飞越高，速度越来越快，我感到乳头在风中挺立，喉咙里克制着这样那样的呻吟。

这就是在白日做梦的坏处：现实和幻想总被混为一谈。你能想象吗？不知是侏罗纪还是白垩纪的恐龙走进绿色丛林点了一个中杯星冰乐，和男神约会的时候初雪越下越大最后落到手上居然不是雪花而是数学试卷。

我转过头想看看秋千上的这个男人到底是不是真实的。真实的人身上总有一些我想不明白的细节。比如有的人涂指甲油，就是不涂大拇指。假设我在地铁上看到这样的一个女人，只能认为她是一个小学老师，需要在儿童面前竖起朴素的大拇指。这个儿童长大以后去世界四处旅游，看到希腊神殿、英国巨石或者刻着汉谟拉比法典的石柱——这些矗立的东西——都会油然而生一种又兴奋又害羞的感觉，就像是看到温柔美丽的小学语文老师第一次在他面前竖起了她坚硬的拇指。那么这个拇指当然有必要是裸的，不加任何修饰。我忍不住观察了一下我身边这个男人的手。结果他的手长得非常无趣，而且和大多数人一样都握着一只手机。手机的屏幕亮了一下，上面的来电显示是——妈妈。

男人接起电话，在我耳边说：“现在没下雨，哦，料酒买一包，姜买一点，还有呢？”

出于礼貌，我试图安静下来。虽然我本来也没有开口，但总觉得自己脑中芜杂的心绪也会妨碍到别人。但是你只要试过就知道，人根本没办法真正地什么也不想。但凡有个人说“我什么也不想了”，他的意思其实是“我只想这一件事，别的什么也不想了”。所以世界上最动听的情话是“我什么都不管了”，因为这句话的意思其实是“我只管你”。

男人伸出一只脚在地上摩擦，让秋千停下来。我也安静下来，把脑中的男女和拇指和情话都放在一块宝蓝色的绸布上，再让它飞走。于是我注意到这个傍晚有多么静谧——除了风吹叶子的沙沙声，几乎什么声音也没有。我和这个陌生的男人在逐渐静止的秋千上坐着，隔着一部电话，听候他妈妈吩咐：料酒、姜、葱，再买点白萝卜。我一边听一边记在心里，简直比他还要认真。

毋庸置疑，我前功尽弃了。无论多离谱的想象在这一刻的安静里远去，天地间只剩下电话里的购物清单。只要我们向同一样事物倾注了注意力，就难以避免去思索相似的东西。我们都是这样长大。我憎恨那些让你辨析“渴望”“希望”“期望”“欲望”的选择题。我憎恨题干，憎恨选项，憎恨答案。就是它们让我们在适当的时候会说出同样的话来。我憎恨制造这种处心积虑的巧合。我就是不想让我的心和别人的在一条线上，我想让它走开、独处、不听从号召。

那些“英雄所见略同”的时刻，那些“感同身受”的人们是如此令人沮丧。一个完全理解了我的人最令我绝望。这是因为我妄想做一个孤独的怪人。然而我的怪异常常赢得共鸣，我的孤独根本无法自保，我要保卫的不过是一些肤浅的偏见，我的特别仅仅是一场虚伪的自赏。我努力将思维用最诡谲的角度抛向最遥远的地方，结果歧路走着走着又变成一条通向罗马的大道。

“料酒、姜、葱，还要一点白萝卜。”男人放下电话，在口中默念。他说，“你相不相信我刚才是要去死的，但是现在要去买菜了。”

我这才第一次仔细看了男人的脸，他长着一双褐色的眼睛，胡子刮得很干净。我把这张脸印入心中，因为我们不会再遇见了。然后为了给他一点安慰，我一字一句地说：“不，真是不可思议。你的想法、你的痛苦，都是我完全想象不到的。”

他笑了一下，用力一蹬。他说：“那我们再荡五分钟好了。”

对话练习

鬼打墙

如果你问我麦当劳有几个，我会告诉你很多很多。但是我很确定，我又回到了之前的那一家。十五分钟前，我和阿嫱在 B 区的沙发座分手。她现在还坐在那里呢。

阿嫱：你回来干吗？

我：落东西了。

阿嫱：回来看我蠢样？

我：我就是落东西了。

阿嫱：你就是回来看我蠢样。

我：你看你……

阿嫱：怎么的，还想数落我？

我：不是。

阿嫱：数落我，现在你没资格。

我：都说了不是。

阿嫱：你说话什么时候算过数！

阿嫱：说好的事情，一件也没做到。

阿嫱：你还说会永远照顾我！

我：当时确实是那么想的。真的。

阿嫱：算了。

我：你老是算了。

阿嫱：这次是真的算了。

我：真算了你怎么不走？

阿嫱：我又不知道你会回来。

我：其实我也不知道。

阿嫱：不知道什么？

我：不知道为什么会回来。

我：我走了十五分钟，又看到一家麦当劳，想上个厕所。

我：结果就看到你了。

阿嫱：看来和我分手不是什么大事。

阿嫱：没影响你灵异。

我：当初认识的时候，你说话就是这么有趣。

我：后来你越来越不开心。

我：我想只能是因为我的缘故了。

阿嫱：别装好人。

我调整了一下坐姿，阿嫱则整个人往后靠，拿下巴看我。

我：你怎么不问我落什么东西了？

阿嫱：不问。

我：其实没落什么东西。

我：就是鬼打墙，不知不觉走回来了。

阿嫱：撒谎精。

我：是真的。

阿嫱：鬼怎么就打墙了，怎么不打打你？

我：你想打我就打吧。

阿嫱：脏了老娘的手。

我：你这人就是不相信科学。我给你百度一下。

百度百科：所谓“鬼打墙”，就是在夜晚或郊外行走时，分不清方向，自我感知模糊，不知道要往何处走，所以老在原地转圈。把这样的经历告诉别人时，别人又难以明白，所以被称作“鬼打墙”，其实这是人的一种意识朦胧状态。

阿嫱：你想说什么，你朦胧了？

我：你继续往下看看。

百度百科：一言概括，生物运动的本质是圆周运动。如果没有目标，任何生物的本能运动都是圆周。你不信，可以自己试一下，把自己的眼睛蒙住，在学校的操场上，凭自己的感觉走直线，最后你发现你走的也是一个大大的圆圈。

阿嫱：哪有人这么分手的，你说说。

阿嫱：分手了还杀回来，还给我看百度百科。

阿嫱：你是不是就回来看我蠢成什么样了？

我：我刚才一出门，直接往你家那个方向去了。走了一半发现不对，又不想往回走，就拐进一个巷子，东拐西拐，找到大路走出来，才发现又回到了这家麦当劳。这就是事情的全部经过。

阿嫱：嗯。

我：虽然大禹三过家门而不入，还是得了个大胖小子……

阿嫱：嗯？

我：不是……

我：我想还是来看看你。

我：毕竟你曾经是我的目标和方向。突然没有了，我也不是不难过。

我：你老是觉得自己是受害者，其实我也很难过。

我：你不要觉得我是男孩子就不脆弱。

我：我就是一个脆弱的男孩子。

我：路都找不到了。

阿嫱：找不到路，也走到这一步了。

我：我以为自己离开你的时候是走直线的，结果都是错觉。

我：我的本能让我回到你身边。

阿嫱：不好笑。

阿嫱：百度百科上还说了，我给你念念——

为什么生物能保持直线运动呢？比如人为什么走出的是直线呢？因为我们用眼睛在不断地修正方向，也就是我们大脑在做定位和修正。不断地修正我们的差距，所以就走成了直线。

阿嫱：你发现没有，你就是瞎。

我：我没瞎！我看到这段话连“的地得”都用错了。

阿嬙：现在说分手呢，严肃点。

我：是你说我说话不算数的，怎么说分手就那么算数。

阿嬙：其实我们俩都在用本能谈恋爱，才搞成这样的。

我：体位的问题我觉得可以再讨论。

阿嬙：别嬉皮笑脸！

阿嬙：我是说啊……

阿嬙：我是说，我们原本就不站在同一个地方。彼此都没有修正方向，所以走了一圈，又各自回到原点了。

阿嬙：你回到你身边。

阿嬙：我回到我身边。

我：那么，就像第一次相遇一样。

我：你好。

我：阿嬙。

阿嬙：你好。

阿嬙：再见。

图书在版编目(CIP)数据

暗恋者来信 / 乌冬著. —南京：江苏凤凰文艺出版社，2019.3

ISBN 978-7-5594-2225-5

Ⅰ. ①暗… Ⅱ. ①乌… Ⅲ. ①短篇小说—小说集—中国—当代 Ⅳ. ①I247.7

中国版本图书馆CIP数据核字(2018)第119323号

书　　名　暗恋者来信
作　　者　乌　冬
统　　筹　姚　丽
责任编辑　白　涵　刘洲原
监　　制　赖天成
装帧设计　丁威静
出版发行　江苏凤凰文艺出版社
地　　址　南京市中央路165号，邮编：210009
网　　址　http://www.jswenyi.com
印　　刷　北京盛通印刷股份有限公司
开　　本　880毫米×1230毫米　1/32
字　　数　140千字
印　　张　7.25
版　　次　2019年3月第1版，2019年3月第1次印刷
标准书号　ISBN 978-7-5594-2225-5
定　　价　42.00元

监制 赖天成 / 装帧设计 丁威静 / 封面插画 丁威静